海蒂

目錄

【推薦序】 04
【專文導讀】 14
第1章 海蒂來到高山牧場 20
第2章 和爺爺相處的日子 30
第3章 牧羊童彼得一家 38
第4章 壞事接二連三 56

起步「驟」！

現在，讓我們來想一想，如果要讓紅綠燈按照上一頁的順序正常運作，我們需要提供電腦哪些指令呢？

1

- □ 開
- □ 調整時間
- □ 關

□ ____第一顆燈，並調整成____色

2

- □ 開
- □ 調整時間
- □ 關

□ 讓第一顆燈亮____秒

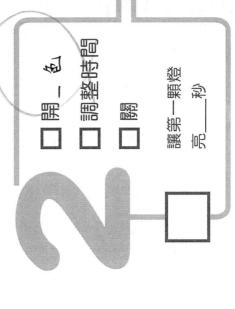

【影響孩子25：《海蒂》】

封底：①5歲→五/3年→三

②5歲小女孩海蒂

③秘書長→祕

影響孩子一生的人物名著：忠譯→新譯

P.4 秘書長→祕

P.5 ①沙利文→蘇 ②姨媽→阿姨

P.8 〈影響～〉→【】

P.10 ①安妮・雪莉→麗

②為什麼要讀「人物傳記」的書？

P.11 台東兒童→臺東大學兒童文學所

P.15 00→字體/半全形？

P.16 以致用》，→，

P.18 身上，→。 P.26 我沒空，而且時間已遲了。→我沒時間～晚了。

P.30 ①反觀見，海蒂，地 ②高興地→得.

↓刪 ↑加

P.32 ②壁櫥，四下 ①乳酪等。臭西姆

P.34 ①牛奶→羊 ②就只吃→刪

P.38 ①醒了過來→刪 ②高興地→得.

③驚訝地→不禁 ④還把一大→於是

P.41 曬得→晒(黑)

P.43 ①叫得這麼可憐

②是「雪兒」的→『』

P.45 蓋放張→放了 P.46 給你帶→您.

P.47 ①笑逐顏開→笑容滿面 ②都是啞→被

P.48 等著我呢。→！

P.53 幫他修→她

P.55 暮氣沉沉→一成不變

P.66 備感→倍

P.70 跑出去來到→門

P.71 ①試吧。→！②待會→等一下

P.72 真是的太→真的是

P.73 闖著禍→的

P.74 莫明其妙→名

P.78 ①僕人們被叫～走了。

↳僕人們被叫來把小貓帶走了。

②地怒斥→刪 ③好的，克拉拉小姐

④比作～什麼的→比喻成犄角等等

P.81 正開心地在聊天

↳正在開心地聊天

P.83 ①還搞著→繫 ②扣著→有

P.84 賽思曼老夫人

P.85 ①學會，我手上 ②放羊和哪些

↳牧羊人

③發生了什麼事。→？

④賽思曼老夫人 ⑤今後他→她

P.87 過逝→世

P.88 大門總是敞開→刪

P.90 萬籟俱寂，→刪

P.92 ①手槍，中間→， ③光芒，→。

②山形燭臺→三叉大燭臺

P.1

第5章 法蘭克福的新生活 62
第6章 賽思曼家亂成一團 74
第7章 歷經波折回到高山牧場 88
第8章 爺爺的懺悔和轉變 106
第9章 克拉拉站起來了！ 118
第10章 高山牧場的幸福聚會 134

★【推薦序】

蔡淑媖（中華民國兒童文學學會秘書長、磚雅厝讀書會擔任會長）

讓經典名著串起代代閱讀的記憶

好的故事不會被時代所淘汰，好的故事總是一代傳一代，而在閱讀的時候，你不會覺得它不合時宜，也不覺得它很古老。

還記得女兒四歲時，我與她一同觀賞改編自《清秀佳人》的卡通影片，她著迷於紅髮安妮的表現，我則體會著瑪麗拉兄妹為人父母的心情。當安妮要離家求學時，瑪麗拉捧著安妮小時候的衣服背對著鏡頭哭泣，她感嘆時光過得太快，我忍不住也哭了。這時，女兒抱著我說：「媽媽，我不會那麼快長大，我不會離開你的。」童言童語惹得我破涕為笑。**經典故事就是這麼能跨越時空，同時打動兩代人的心。**

這套書裡面的故事都曾被改編成影片，因此，很多人即使沒有看過書，也都知道這些故事，而知道故事後再回來讀這些書，那感覺就像和老朋友會面一樣，既溫馨又甜蜜。

例如，改寫自中國長篇歷史故事的《岳飛》和《三國演義》，可說家喻戶曉，大家多多少少都知道一些精彩片段，若能重新再透過文字咀嚼一次，將片片段段組合起來，那不完整的印象便具體了，成了可以跟孩子分享的材料。

而《安妮日記》紀錄一段悲慘的歷史，透過一個小女孩的眼睛，讓大家看到戰爭的殘酷及人權被迫害的可怕，世界上人人生而平等，不管膚色、種族、性別，大家都有同樣的生存權利，這樣的態度在現今世界更需要存在。

談到「生存權利」，自然想到《海倫．凱勒》這本書，一個又聾又盲的女孩，要如何活出自己呢？在那個科技不是很發達的時代，聽不到、看不到的孩子要如何學習呢？想起來就讓人充滿無力感，可是，沙利文小姐憑著無比的耐心，對海倫循循善誘，讓她的人生出現了光明，這是非常激勵人心的真人實事，在我們佩服海倫之際，同時想想自己是否有克服困難的決心，大人小孩互相勉勵！

同樣以小女孩為主角的故事《海蒂》，敘述一位自幼失去雙親、由姨媽撫養的女孩，五歲那年被帶到阿爾卑斯山的牧場和爺爺生活，三年後又被帶到城市陪伴不良於行的小姐，女孩雖然樂觀開朗，卻壓力過大出現夢遊情形，最後重回她念念不忘的牧場，開心的過著簡單而幸福的生活。不同於小女孩的成長故事，屬於小男孩的《湯姆歷險記》則展現了另一種生活樣貌；而從男孩的冒險到青年的冒險，《魯賓遜漂流記》裡的主角則帶讀者遠航到更遠的地方，度過不可思議的荒島生活。不同於湯姆和魯賓遜在大自然中的冒險，《環遊世界八十天》的福克先生帶著我們馬不停蹄的繞著地球跑，過程刺激極了；更刺激的是《福爾摩斯》與華生的偵探故事，會讓人腦筋跟著動不停。

閱讀可以解放禁錮的心靈，讓人「身處斗室、心去暢遊」，當你的心乘著想像的翅膀飛向千里之外時，就像真的經歷了一趟豐富的旅行，這種美好的體驗，孩子們一定要擁有。

經典名著歷經數百年依舊在世上流傳，一定有它立足不墜的地方，不管家長陪孩子或老師引領學生，這些作品都是很棒的選擇。讓大家一起來閱讀經典作品，串起代代閱讀的記憶吧！

林偉信（台灣兒童閱讀學會顧問、誠品文化藝術基金會「深耕計畫」顧問）

這套【影響孩子一生的人物名著】系列中的主角們，沒有因為自己的出身或是生活環境的困頓，自我設限，自怨自艾，反倒都是**努力掙脫宿命的桎梏，積極追求生活中的各種可能發展**，創造出各種新的意義，為自己的人生書寫出一篇篇撼動人心的美麗篇章。藉由閱讀這些「人物」的故事，我們不僅可效法他們的典範，激勵心志，有勇氣去面對與克服人生中各式各樣的困難與挑戰，並且，也因為透過故事的閱讀，讓我們了解：「每一個人的作為背後都會有一段故事」，因此，在生活中，就更能了解個別特質、尊重差異，給予他人更大的關懷與慈悲。

張璉（東華大學歷史系教授兼圖書館前館長）

兒童接觸閱讀，多半是從寓言、傳說，或者童話、神話故事起步，在充滿異想、奇幻式的萬花筒世界中，可激發兒童豐富的想像力與好奇心，即便如卡通或兒童電玩也不例外，皆以饒富想像、靈活幻化的情節為題材，然後寓教於其中，逐步導引兒童認知這個多采多姿的世界。

人物故事或傳記就大不同了，不論是文學體裁或以傳記、日記的形式，都是以現實生活為場景描寫人生故事，與充滿想像、不受框限的題材迥異。現實人生既不幻化，也缺乏異想，更不似神話，**人物故事或傳記裡的主人翁，在現實世界中或因堅毅的生命、或品格操守、或智慧卓絕、或不畏艱險等等，不同的人生經歷皆可做為孩子們學習效法的典範。**

目川文化精選十冊人物故事叢書，有中外文學名著、日記及人物傳記，非常適合中高年級的兒童閱讀。大部分的小朋友不大主動閱讀人物傳記，需經家長或老師的引導，為他們開啟另一扇窗。閱讀人物故事，能更認識這個世界與中外古今人物典範。

讀安妮的日記，彷彿通過一位猶太少女的雙眼，看見為避納粹迫害而藏於密室的悲慘世界，也從安妮坦誠而幽默的文筆，讀到在艱困中的心靈成長。從命運坎坷的海蒂身上，可嗅出天真樂觀的特質，終而翻轉了頑固的爺爺，也改變身障富家千金的人生觀。從湯姆的歷險，看到一個古靈精怪的頑皮少年，在關鍵時刻竟然變得勇敢而正義。又如，熱愛航海的魯賓遜，不幸漂流至荒島，為了求生存，怎樣在孤絕環境下發揮強大意志力與求生本能，令人好奇。從福爾摩斯的辦案，可學到邏輯推理、細微觀察與冷靜縝密的思考。再如，精忠報國的岳飛，力圖恢復失土，率領大軍討伐金軍，卻遭奸人所害，雖壯志未酬，但他堅貞愛國的情操永留青史。中國「四大奇書」之一的《三國演義》，從劉關張到魏蜀吳，從諸葛亮到司馬懿，鮮明的人物形象與詭譎的智謀，既是談亂世的歷史，更是談仁義節操與智慧人生。

在眾多書海中，尤以人物故事對人們的影響最深，書中的主人翁能深入孩子的內心世界，與之同喜同悲，「品格教育 6E」第一步就是樹立典範（Example），因此，必須慎選優良的人物故事，不僅獲得人生智慧，更是品格學習的榜樣，為孩子及早建立形象楷模與正確的價值觀。

李博研（神奇海獅、漢堡大學歷史碩士、「故事：寫給所有人的歷史」專欄作家）

「想讓孩子揚帆出港，重要的不是教給他所有航行的知識，而是讓他渴望海洋。」這句話我一直銘記在心，在做文化推廣的漫漫長路上，這也一直是我的初衷。當孩子開始對一項事物感興趣，他自然而然會開始學習一切必要的知識。目川文化的〈影響孩子一生名著系列〉精選平易近人的十本經典【世界名著】、十本【奇幻名著】，到現在的十本【人物名著】，相信能讓孩子從閱讀故事的樂趣中，逐步邁入絢爛繽紛的文藝殿堂，實屬今年值得推薦的系列童書！

陳之華（知名親子教養、芬蘭教育專家）

許多父母總會心急又關切地詢問：孩子的成長中，有哪些是必備的養成養分？**我總以為，閱讀習慣的養成、閱讀興致的培養，是極重要的一環。**我兩個目前已成年的女兒，在孩童階段，就有多元與豐富的閱讀經驗，除了圖書館的借閱外，也在家裡的書堆中長大。

家裡的各類叢書，宛若一個小型圖書館，彙集許多經典書冊和孩子喜愛的兒少著作。這些書常常營造出一種氛圍，在每日的生活中，成了看似有形卻無形的一種吸引孩子去接近它們的養分。有書在家，不僅帶給孩子一個有故事、有各種插畫與繪圖的環境，也會讓她們感到心有所屬，更讓她們在每隔一段時日中，總會再次拾起同一本書去閱讀，因而產生年歲不同的領悟。

近日一項由澳洲國立大學進行的研究指出，**孩童在幼年時期，家中的藏書、叢書愈多，孩子在日後的認知能力與知識發展的表現，都將更佳。**的確，孩子往往能透過不同的故事，開拓他們對世界的認知能力與想像力，目川文化出版的【影響孩子一生的人物名著】系列中，涵蓋了十本東西方精采可期的人物故事，有二戰時期飽受納粹迫害的《安妮日記》、紅髮俏皮的加拿大女孩《清秀佳人》、美國兒童名著《湯姆歷險記》、瑞士阿爾卑斯山上的《海蒂》、成就不平凡自我的美國聾盲《海倫．凱勒》、流落荒島二十八年的《魯賓遜漂流記》、英國紳士的《環遊世界八十天》、英國著名偵探《福爾摩斯》、精忠報國的《岳飛》，以及非讀不可的中華經典《三國演義》。

閱讀這些已然跨越了年代、國家與文化的經典人物傳奇，認識有別於自己成長環境的國度、歷史和文化背景，透過閱讀書中主人翁的成長、生命或冒險故事，孩子將有機會學習到韌性、勇氣、堅持、寬度、同理等能力。而從這些不同的角色中，孩子也必然有機會從中對比或想像一下角色互換的情境與心境，從而了解自己可能的想法、勇氣與作為。

陳孟萍（新竹縣竹中國小閱讀寫作專任教師）

孩子的成長與學習需要典範！

閱讀一本好書，彷彿站在巨人的肩膀上，讓人看到更高更廣闊的世界；從書中人物所經歷的種種困境，更可以讓人在閱讀時感同身受，獲得共鳴。這一套【影響孩子一生的人物名著】，**正有如此的正向能量，能給予孩子們成長時內化成學習的養分**：

《安妮日記》在安妮的身上學到不向逆境低頭的正向人生觀。

《清秀佳人》在安妮．雪莉的身上看到堅持到底的毅力。
《海倫．凱勒》從海倫．凱勒的奮鬥懂得珍惜自己所擁有的一切。
《海蒂》在海蒂的成長中見證永不放棄的力量。
《湯姆歷險記》從調皮善良的湯姆身上，看到機智勇敢讓人激發出前進的動力。
《環遊世界八十天》在福克先生的冒險中，體會隨機應變、冒險犯難的精神。
《福爾摩斯》冷靜思考、敏銳觀察是福爾摩斯教會我們的事。
《魯賓遜漂流記》在孤立無援時，勇氣與希望是魯賓遜活下來的支柱。
《岳飛》直到生命最終仍然恪守「精忠報國」的誓言，是岳飛為世人樹立的典範。
《三國演義》從歷史事件鑑古知今，在敵我分明的史實中見賢思齊，見不賢內自省。
強力推薦這系列經典名著，給正值青春年少的孩子們最棒的心靈滋養！

許慧貞（閱讀史懷哲獎得主、花蓮明義國小閱讀推動教師）

為什麼要讀「人物傳記」的書

是什麼樣的人物，能夠經過時代的考驗，創造出一片屬於自己的天地，留下值得紀錄的典範？藉由人物傳記的閱讀，我們可以在這些名人身上，找到很多值得學習的美好特質，這對還在學習階段的孩子而言，可以說是相當重要的閱讀資源。

在孩子成長的過程中，難免不只一次地被問到：長大以後要做什麼？多數孩子的答案，可能也就是醫生、律師、老師、科學家……之類，很容易獲得大人賞識的標準答案，至於那是不是自己心底真心的期盼？可能都心虛地答不上來。

或者，未來對孩子來說還遙不可及，充滿了未知的變數，但同時也有著無限的可能，在滿懷期待與盼望的年少時代，**孩子多讀一本傳記，就像多交了一位豐富的朋友**。此時，讓孩子看看書裡的人物是如何認真的過日子，辛苦的為著理想奮鬥，其中的過程或許滿是挫敗，但他們終究還是闖出了屬於自己的一片天。

透過這些人物的故事，孩子或可從中領略出自己將來想成為一個什麼樣的人，而他們曾經走過的路，遇過的挫折，也將成為孩子人生路上最好的借鏡。

陳昭珍（臺灣師範大學圖書資訊學研究所優聘教授兼教務長）

陪伴所有父母親長大的不朽經典兒童名著！

劉美瑤（兒童文學作家、台東兒童文學所）

關於書籍規畫，目川文化真的很用心，尤其是在翻譯上面字斟句酌，讓整部作品讀來更有韻味，在上一套影響孩子一生的【奇幻名著】中，力邀我為每一本深入撰寫每部作品的文學價值。新的這套【人物名著】，選作兼顧中外名典，角色豐富，有勇猛剛毅的男主角、調皮卻不失真誠的頑童、慧黠溫暖的孤女，以及陷於逆境卻始終向陽生長的堅毅女孩。這套作品中，我尤其喜歡用微笑感動他人的海蒂，以及善於用文字逐夢踏實的清秀佳人安妮．雪麗。我推薦大小朋友們繼續支持，因為讀者不僅**能從作品裡的每一位人物身上汲取到愛的溫度、明亮的思考**，更重要的是藉由閱讀他人的故事，我們能擴展看待事情的角度，學會用兼具勇敢與溫柔的態度去面對未來的挑戰。目川文化【影響孩子一生的人物名著】，真誠推薦給您！

林哲璋（兒童文學作家、大學兼任講師）

莊子說：「寓言十九，重言十七，卮言日出，和以天倪。」意思是指他教導人明白「道」的方式，百分之九十用寓言，百分之七十用「重言」。「重言」者，為人敬重者之言（行）也。在兒童文學裡，就是傳記和人物小說。

目川文化在先前的影響孩子一生【奇幻名著】系列，已經將「寓言」的部分實踐；現在熱呼呼出爐的人物系列，正準備展現「重言」的傳道之效。【人物名著】系列，引導兒童向書中人物（傳記人物，寫實小說人物）學習仿效，由這些書中人物現身說法，或許比親師再多遍的言教都還管用，不是這麼說的嗎——身教重於言教！有些時候，平凡的我們不一定擔當得起身教之責，但沒關係，傳記裡、寫實小說裡有！

目川文化的兒童名著系列，有寫實的虛構，有虛構的寫實，充分融合了言教與身教。**這套【人物名著】每本書裡還準備了「專文導讀」，介紹時代背景及作者生平和故事理念，融合感性與知識性讀物的元素，一舉而數得。**

陳蓉驊（南新國小推廣閱讀資深教師）

鼓勵孩子學習典範

「模仿」是孩子的天性，孩子會看著父母、周邊親友、電視節目等行為而模仿著，所有進入他們年幼思想的印象都可能難以抹去，所以父母師長需要多製造機會，讓孩子接觸值得模仿的典範。除了父母的以身作則，透過閱讀人物名著讓孩子從各個角色的人格特質進行省思、批判與學習，漸漸成長形塑獨特的自己，是最值得推薦的方法。

這套【影響孩子一生的人物名著】規畫的書目包羅萬象，值得推薦：浪漫幽默的《湯姆歷險記》、溫暖感人的《海蒂》和熱愛生命的《清秀佳人》，讓孩子在輕鬆閱讀中看見青少年的勇敢正義、純潔善良與自力自強。充滿邏輯推理的《福爾摩斯》、呈現世界各地奇風異俗的《環遊世界八十天》，及征服自然的《魯賓遜漂流記》，可以讓孩子從成人身上學習到冷靜從容的理性態度、科學知識的運用與克服障礙的堅定意志。戰亂中求生存的《安妮日記》與創造奇蹟的《海倫．凱勒》，更能讓生活在和平年代、身體健康的孩子們感受在艱難困境中，仍對生命懷抱希望的努力與心路歷程。《岳飛傳》與《三國演義》裡流傳千古的民族英雄，想必讓孩子更覺親切。

故事中各個主角人物的鮮明特質、行為氣度與高潔品德，很容易獲得孩子的認同。父母師長不用對孩子費盡唇舌灌輸品德觀念，**只要鼓勵或陪伴孩子閱讀這些經典名著，帶著孩子一起認識這些典範人物，慢慢的，我們將在孩子身上看見美好的改變。**

專文導讀

游婷雅

好家庭聯播網閱讀推手主持人

閱讀教育講師

想必有許多人（老中青少幼不同世代）對《小天使》都有著共同的記憶。這部卡通帶領我們進入那充滿異國風情的阿爾卑斯山國度，跟隨小豆子在草地上跑跳、大口喝羊奶；看著老頭子爺爺將羊奶熬煮製成一塊塊的乳酪；跟著小蓮躺在用麻布床單包裹著蓬鬆厚實乾草的床上，在小木屋閣樓上，看著窗外的滿天星斗而漸漸入眠。

卡通《小天使》主角小蓮雕像 *1

倘若你曾被《小天使》這部動畫卡通吸引，那就更要讀一讀原著小說《海蒂》，從文字描述中感受作品裡所流露的細膩情感與令人不捨的情緒。讓我們一起深入認識《海蒂》這本百年經典小說吧！

阿爾卑斯山風光 *2

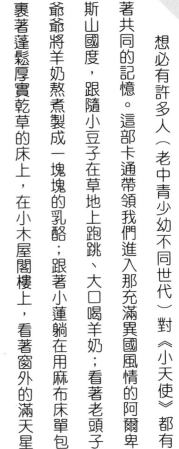

《海蒂》的作者

一八二七年出生於瑞士山城希瑟爾（Hirzel）的喬安娜．史派利，在六個孩子中排行老四，父親在希瑟爾行醫多年，母親則是牧師之女。家境富裕並受到良好教育的喬安娜，與律師伯恩哈德．史派利結婚並育有一子。婚後在蘇黎世的枯燥生活，加上丈夫忙於工作不常在家，讓她因此陷入憂鬱之苦。母親的牧師好友鼓勵她寫作，於是，喬安娜．史派利在四十四歲時（一八七一年）以匿名的方式出版第一部作品。一八七九年，返回求學時代的居所梅恩費爾德鎮度假時，與好友安娜．弗萊斯重逢，讓她產生許多的創作靈感，並於一八七九至一八八一年間陸續完成《海蒂》。她其實是位多產的作家，在她去世之前（一九一〇年）共寫了五十部故事，但《海蒂》依然是她最有名的作品。她以傑出作家與慈善家的身分，肖像被印鑄在一九五一年發行的郵票以及二〇〇一年發行的二十元瑞士法郎紀念幣上，同年發行的五十元瑞士法郎紀念幣上則印有海蒂的圖樣。

瑞士法郎紀念幣：喬安娜．史派利像（左）*4 & 海蒂像（右）*5

作者，喬安娜．史派利 *3

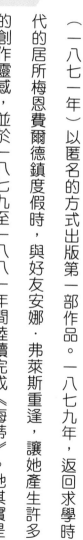

《海蒂》的影響力

這部小說原著是以德文撰寫並分成兩部出版：《海蒂的學習和漫遊歲月》與《海蒂學以致用》；英譯本於一八八二年問世，先後被譯成五十多種語言並在全球流傳，成為繼《聖經》與《可蘭經》之後翻譯版本最多的書籍之一。

一九三七年開始，陸續有電影、電視劇版本出現。然而，最廣為人知的是高畑勳、宮崎駿等人前往實地取景製作，並於一九七四年上映的日本電視動畫《阿爾卑斯山的少女》，或名《小天使》。

《海蒂》成為世界名著後，瑞士當地便將書中所描繪的村落命名為「海蒂村」，並依據其描述設置了「海蒂山屋」和「海蒂牧場」，重現小說中的生活場景，且成為著名的觀光景點。（資訊詳情可查閱：http://www.heididorf.ch/en/english.html）

「海蒂山屋」裡的海蒂和彼得雕像 *6

瑞士的梅恩費爾德鎮（Maienfeld）是喬安娜．史派利女士當年的度假地。她將自己的健

瑞士的梅恩費爾德鎮 *7

行路徑以及沿途景色化為《海蒂》的故事場景。

梅恩費爾德火車站就是海蒂往返法蘭克福的地方，「海蒂山屋」則是海蒂和爺爺居住的夏日木屋。從火車站往海蒂山屋走，沿路有許多商家。還記得黛特阿姨兩次帶著海蒂進出小鎮的情節嗎？總會有村民靠過來打探消息，然後背地裡說著閒言閒語，不實的八卦謠言就此傳開。

《海蒂》導讀

奧西姆大叔年少時放浪形骸的行徑，浪子回頭後卻不被接納。村民們將奧西姆遭遇的喪子不幸歸咎於他違背上帝而遭受報應，奧西姆因此決定離群索居，不與世人往來。然而，**帶領奧西姆重返社會與人為善的轉折點，並非牧師的感化或更大的苦難，而是海蒂的愛與信任。這似乎是喬安娜透過這部小說所傳遞的主要訊息。**

小說中的第二條軸線是海蒂這個小女孩的曲折遭遇，以及她如何與人為善。海蒂的性格可以往上追溯到她的父親托比亞斯——那位被奧西姆帶來且人見人愛、循規蹈矩的好男孩。從小說中看到，奧西姆對托比亞斯關愛有加，因此可以推論出：奧西姆對托比亞斯的愛，使托比亞斯成為一位能夠愛人的父親，且將這份愛傳遞到海蒂的身上；海蒂因被愛而相信愛的力量，運用這份力量回報給奧西姆。這道愛的軸線同時也在克拉拉與其父親、奶奶這個家族中蔓延。

若非得要找出故事中的反派角色，那麼海蒂的阿姨黛特與管家洛泰亞小姐，似乎就是讓故事產生糾結情節的關鍵人物。這兩位人物在小說中代表著主流價值觀：要力爭上游才能進入上流社會。她們所抱持的價值觀或許沒錯，然而卻讓體弱多病的克拉拉無法恢復健康，且讓年幼、原本健康的海蒂變得抑鬱。

克拉森醫生的出現帶來轉機，在他的建議下，海蒂得以返回故鄉、重回爺爺和大自然的懷抱。海蒂跑上山，把身上華麗的衣物送給彼得家人、把身上的錢交給爺爺為彼得奶奶買麵包。

《海蒂的學習和漫遊歲月》內頁插圖，一八八一年原著 *8-9

海蒂與爺爺所代表的是這個故事所要傳遞的另一種價值觀：**富足的生活就是與大自然共處、自給自足的生活。**

另外，牧羊童彼得一家則代表的是社會中最弱勢的家庭。即便海蒂和爺爺的生活並非富裕，但仍不時到彼得家噓寒問暖、雪中送炭。作者細膩描繪海蒂與彼得家盲眼奶奶間的互動，讓小說更添溫暖，也讓讀者透過這些情節重新審視奧西姆大叔。

小說最後是個快樂結局，而帶來這樣結局的轉折是海蒂重返故鄉後，為爺爺朗讀了一個牧羊童離家奮鬥卻失敗的故事。故事最後，牧羊童在父親面前懺悔，父親說：「……我要為我的兒子洗塵。他曾經一度死去，如今又重獲新生了。」奧西姆因為海蒂讀的這個故事，決定重新接納他人，也被他人所接納。

讓我們一起閱讀《海蒂》，和奧西姆大叔一起做木工、吃麵包配乳酪、大口喝羊奶，徜徉在阿爾卑斯山的春夏秋冬，過著與大自然共生且富足的人生吧！

瑞士「海蒂村」*10

第一章　海蒂來到高山牧場

在阿爾卑斯山的山腳下，有一個風景宜人的小山村梅恩費爾德。村裡有一條彎彎曲曲的鄉間小路，穿過碧綠的原野，通往山腳，並延伸至山頂的奧西姆高山牧場。沿著這條蜿蜒曲折的小路走上山，可以看見一整片長著蘑菇和其他矮小植物的草地，不時還能聞到飄散在空氣中的花香。

六月一個陽光明媚的早晨，一位身材高大、體格壯碩的年輕女子牽著一個小女孩，走在這條狹窄的鄉間小路上。小女孩看起來五歲左右，臉頰紅通通的，棕黑色的皮膚非常光潔。天氣很熱，但是她身上卻穿著兩、三層衣服，脖子上圍著一條紅色的棉質大圍巾，腳上還穿著一雙鑲釘、笨重的登山靴。

她們從山谷向上走，來到了半山腰，這裡座落著一個名為多弗雷的小村莊。

這位年輕的女子名叫黛特。小女孩名叫海蒂，是黛特的外甥女。黛特是在多弗雷村長大的，當村民們聽說她打算把海蒂帶到高山牧場的「奧西姆大叔」那裡時，都顯得非常吃驚，並紛紛勸阻。因為多年以來，這個「奧西姆大叔」從不與任何人

打交道，也從不上教堂，一年最多只下山一次。他有著花白的粗眉毛，且蓄著一臉嚇人的大鬍子，看起來簡直就像年長的異教徒或印第安人。他離群索居，一個人孤零零地住在高山牧場，因此關於他的傳聞特別多，村民都覺得他既可怕又神祕，對他都避而遠之。

據說，「奧西姆大叔」出生在多姆萊斯克一個富裕的農莊家庭。他是家中的長子，另外還有一個非常老實安分守己的弟弟。奧西姆年輕時遊手好閒，結交的淨是一些不務正業的混混，喝酒賭博，大肆揮霍，很快就把家產給敗光了。他的父母根本管不住他，最後被他活活氣死。他的弟弟也因看不慣哥哥的所作所為而離家出走，至今音訊全無。

「奧西姆」在弟弟離家出走後沒多久，也從村子裡消失了，誰也不知道他的去向。後來人們聽說他到那不勒斯參軍去了。轉眼間，十五年過去了，沒有人再聽過關於他的消息。直到有一天，他突然回到村裡，身邊還帶著一個小男孩。他想把這個孩子託付給親友照料，可是大家都不願理會他，更沒有人願意伸出援手。他被激怒了，發誓此生再也不踏進多姆萊斯克一步，於是轉而來到多弗雷村生活。

有傳聞說，他的妻子在他們婚後沒多久就死了；還有傳聞說，那老頭是從那不勒斯的軍隊裡逃出來的，更糟糕的是，他似乎因為鬥毆事件，鬧出過人命。不過他身邊那名叫「托比亞斯」的小男孩，卻是個循規蹈矩的好孩子，因此多弗雷村的人都很喜歡他。老頭也趁自己還有些錢時，把小男孩送去學木工，讓他將來有一技之長謀生。

時間過得很快，托比亞斯學成後回到了多弗雷村，並娶了阿德海特做妻子，生活非常幸福。可是好景不長，結婚兩年後，有一次他在幫別人蓋房子時，梁柱突然倒塌，將他壓死了。他的妻子悲痛萬分，不久後也病死了。那時的海蒂只有一歲。

村民們都在私底下說，這是由於「奧西姆大叔」一直違背上帝的旨意而遭受的報應。牧師也規勸他應該真心懺悔，哪知他卻變得更加固執和暴躁。從此大家見到他時，都盡可能躲得遠遠的。

後來，他再也無法忍受人們對他的歧視和躲避，便自己搬到高山牧場居住。從此，他便一直獨自在山上生活，與村裡的居民斷絕了聯繫。

失去雙親的海蒂被外婆帶回去撫養。外婆去世後，海蒂就由她的小阿姨黛特繼續照料。由於黛特的工作非常忙碌，而且她後天就要前往法蘭克福，開始她的新工作，在不得已之下，她只好把海蒂帶到「奧西姆大叔」這裡。她覺得「奧西姆大叔」

身為海蒂的爺爺，應該不會虧待她，而且他有義務也有責任撫養自己的孫女。她認為這幾年她已經盡心盡力地照顧海蒂，況且這次她實在是無法把五歲的海蒂帶在自己身邊。

現在，黛特在半山腰停下來。她眼前有一間小屋，看起來年久失修，破舊不堪，好像隨時都會倒塌。要是從阿爾卑斯山吹下來的風再猛烈一點，那麼住在裡面的人就很危險了。

這裡是牧羊童彼得的家，這個十一歲的男孩每天早晨都會下山來到多弗雷村，把羊群趕上高山牧場，讓牠們在那裡吃新鮮又肥嫩的小草。等到夕陽西下時，他再把那些吃飽的山羊趕下山去。到了多弗雷村，他便會吹起響亮的口哨，讓山羊的主人來到廣場上，領

回自己的山羊。由於山羊們都非常溫馴，因此，各家派出來領羊的一般都是家裡的男孩或女孩。這個時候，也是彼得和年齡相仿的孩子們能聚在一起的唯一時間。因為白天或其他時間裡，彼得只能在山上孤零零地與山羊們相伴。

彼得的父親也是個牧羊人，幾年前在伐樹時發生意外而身亡，現在家裡只有媽媽布吉麗特和一個瞎眼的奶奶，所以彼得每天都很早出門，工作到很晚才回家。

站在小屋前的黛特發現海蒂沒有跟上來，她感到有些納悶，站在路邊等著海蒂出現。原來，海蒂遇到了彼得，她被眼前一大群潔白的山羊吸引。再說，她又熱又累，已經走不動了。彼得光著腳，穿著一件寬鬆的短褲，悠然自得地在草地上蹦蹦跳跳。那些山羊們的動作更是輕盈，牠們用那細長的腿越過灌木叢和石塊，爬上了斜坡。

海蒂一屁股坐到草地上，迅速地脫下靴子和長筒襪，然後又站起來，取下脖子上厚厚的紅圍巾，解開最外層的裙子，並脫下一件外套。這些衣服都是黛特為了減少行李的重量，而讓海蒂全部穿在身上的。現在，她只穿著輕巧的短裙子，高興地把露在短袖襯衫外的雙手用力地向上伸了伸，接著又把脫下來的衣服整齊地疊放成一堆，然後輕快地跟上彼得，在山羊後面又蹦又跳。

兩個孩子和山羊們一起來到了半山腰的小屋前。黛特一看到他們倆，便立刻大喊大叫：「小海蒂，你身上的衣服怎麼少了這麼多？最外層那件裙子、紅色的圍巾，還有我剛給你買的登山靴和襪子呢？是不是全弄丟了！小海蒂，那些東西在哪裡？」

海蒂平靜地用手往山下一指，說：「都在那裡呢！」

黛特順著她指的方向看去，果然看見一堆衣物，那上面還有一樣紅色的東西在陽光下閃爍，一定是那條圍巾。

「你真是個傻瓜！」黛特嚷道：「為什麼把這些衣服全都脫掉？」

「我不需要它們。」海蒂堅持地說，似乎沒有意識到自己做錯事。

「唉，不懂事的小女孩。真拿你沒辦法。」黛特喋喋不休地說道：「要到下面把這些衣服拿回來，得花半個小時呢！喂，彼得，你下去幫我拿上來吧！」

「我沒時間，而且天色已晚了。」彼得慢吞吞地說著，他把兩隻手插進口袋裡一動也不動。

這時，黛特掏出一枚嶄新的五分錢硬幣給他看，這枚硬幣瞬間吸引了彼得的目光。他立刻沿著筆直的山路，以最快的速度跑下山，不一會兒就來到了那堆衣服的旁邊。他抱起衣服，又飛快地跑了回來。

黛特等彼得回來後，就把那枚五分錢硬幣當作酬勞給了他。他迅速地把錢放進深深的口袋裡，並露出一抹快活的微笑。

「你就幫我把這些衣服拿到大叔那裡去吧，反正你也順路。」黛特說完，便走上彼得家後面的一條斜坡，而彼得則乖乖地跟在黛特的身後，左手夾著那一堆衣服，右手揮舞著趕羊的枝條。海蒂和羊群們又蹦又跳，高興地跟在一旁。

走了一會兒，他們抵達了高山牧場。只見山頂突出的一端，座落著一間看起來孤零零的小屋，年近七旬的奧西姆大叔就住在這裡。這裡風很大，陽光卻很充足，而且山谷的景致盡收眼底。小屋的後面有三棵高大的冷杉樹，再後面則是一條往上的山路，沿著陡坡一直延伸到古老的灰色岩石邊。

奧西姆大叔的小屋外放著一張長椅。此時，他就叼著煙斗坐在那裡，兩手放在膝蓋上，目不轉睛地盯著迎面走來的三人和羊群。

最先到達山頂的是海蒂，她跑到老頭的面前伸出手說：「爺爺，您好！」

「嗯，你是誰家的孩子啊？」奧西姆大叔輕輕地握了一下海蒂的手，冷漠地問她。他濃密的眉毛下投射出疑惑且銳利的目光。海蒂沒有回答，只是仔細地觀察著

他：老爺爺的臉上留著長長的鬍鬚，兩條濃密的灰色眉毛幾乎連成一線，好像一簇灌木叢，看起來非常奇怪。這時，黛特和彼得也抵達山頂了。彼得沒有走到老頭面前，他只是靜靜地站在遠處觀望他們。

「大叔，您好！」黛特一邊打招呼，一邊走上前：「我把托比亞斯和阿德海特的孩子帶來給您。我想您大概認不出來了吧？這也難怪，因為您從她一歲起就沒再見過她了。」

「噢，那你把她帶到我這裡來，有什麼打算？」老頭冷漠地反問她，接著又對著彼得喊道：「小夥子，快帶著你的羊群離開。你今天來晚了，把我的山羊也一併牽走吧！」

彼得聽到後馬上聽話地離開了，因為他也很怕這位奧西姆大叔。

「大叔，無論如何，請您把這孩子留在您的身邊。」黛特回答：「這四年來，我已經為這孩子做了我能做的一切，現在您也應該盡盡義務了。」

老頭冷冷地盯著黛特說：「要是這孩子不懂事，哭哭啼啼，哀求我讓她離開這裡，那我該怎麼辦？」

「你得自己想辦法了。」黛特說：「她一歲時便由我和我媽媽照料。現在我媽媽去世了，我也要到外地謀生，您就是這個孩子在這世上最親近的親人了。」那老頭一聽到最後一句話，便立刻起身來緊盯著她，然後他指向遠處命令道：「你馬上給我離開，不要再出現在這裡！」

黛特一聽，立刻說：「那好，再見。還有你，海蒂。」然後她就朝著多弗雷村的方向疾走離開，心裡又憂又喜，心情複雜。

第二章　和爺爺相處的日子

黛特走後，爺爺又一言不發地坐到長椅上抽著煙斗，似乎有許多心事。

反觀，海蒂卻高興地東張西望。不一會兒，她就發現小屋旁邊有一個山羊住的羊圈，她朝裡面望去，卻發現裡面空空如也。海蒂繞了一圈又回到爺爺面前，爺爺依然維持剛剛的姿勢。於是，她站在爺爺面前把手背到身後，目不轉睛地凝視著爺爺。爺爺終於忍不住抬起頭問道：「你想幹什麼？」

「想看看屋子裡有什麼。」海蒂回答。

「好，來吧！」爺爺站起身，帶著海蒂往家門口走去，並吩咐她：「把那疊衣服也帶進來。」

「那些衣服、鞋子我已經不需要了。」海蒂毫不猶豫地說。

爺爺轉過頭，用銳利的目光盯著她，發現她的眼裡對眼前事物充滿好奇和期待。爺爺大聲問：「為什麼不需要了？」

「爺爺，我想像山羊那樣走路，山羊跑得可快了。」海蒂天真地說。

「你要學山羊那樣也行，不過你得先把衣服、鞋子拿進來。」爺爺命令道：「你必須把它們收到壁櫥裡。」海蒂聽從指示，把衣服拿在手上之後，爺爺打開門走進屋裡，海蒂也跟著走進去。

屋裡有一張桌子和一張椅子，房間的一角擺放著爺爺的床，另一個角落有個爐子，爐子上放著一個很大的水壺，而爐子對面的是一個壁櫥，裡面掛著爺爺的衣服。另外，壁櫥的一個層架上還摺放著幾件襯衫、襪子和圍巾之類的東西，最上面的層架則擺放了幾個盤子、茶杯、酒杯，還有一些圓麵包、煙燻過的肉和乳酪等奧西姆大叔的所有生活必需品，幾乎全放在這個大壁櫥裡。

海蒂把自己的衣物也塞進壁櫥四下觀察一陣後，天真無邪地問道：「爺爺，我應該睡在哪裡？」

「你喜歡睡哪裡就睡哪裡吧！」爺爺回答。

聽到這話，海蒂高興極了。她走遍屋裡的每一個角落，發現上面還有一間堆放乾草的閣樓。乾草堆得像一座小山，散發著清香。坐在上面，還可以透過一扇圓形的小窗，俯瞰整座山谷遼闊的景色。

「我要睡在這裡。」海蒂對在樓下的爺爺喊道：「這裡真漂亮！」

「好，現在我就來布置我的床鋪，首先要用乾草鋪一張床！」小女孩便開始忙碌地整理起來。爺爺在樓下的壁櫥裡找了好久，終於找出一塊很長的粗布。當爺爺拿著粗布走上閣樓時，發現原本的乾草堆已經變成一張非常可愛的小床。小海蒂還用乾草堆高當作枕頭，一躺下臉正好面向圓形的小窗戶。

「做得好！」爺爺說完又從別的乾草堆裡抱起一些乾草，把海蒂的床增厚了一倍，讓它變得更加柔軟，接著兩個人再一起把粗布鋪到乾草上當厚床單。這樣一來，一張整潔舒適的床就完成了。海蒂站在床前若有所思地說道：「被子呢？我們睡覺的時候得鑽到床單和被子之間才行啊！」

「要是我沒有的話，你認為應該怎麼辦？」

「噢，要是沒有的話也沒關係，爺爺。」海蒂安慰他說：「那麼把乾草當被子就行了。」

「等等。」爺爺走下閣樓，沒多久便抱來一個又大又沉的亞麻布袋，鋪在海蒂的床上。「這樣總比乾草好吧！」爺爺說。

「這被子太棒了！看我們布置的床多漂亮啊！我真希望晚上能快點到來，這樣我就可以躺上去舒舒服服地睡一覺了！」海蒂高興地叫著。

「我們現在應該先吃點東西。」爺爺說。這時，海蒂才發覺自己的肚子已經在咕嚕咕嚕地叫著，因為今天早上她就只吃了一片麵包，喝了一杯淡咖啡，沒吃其他任何東西便開始長途跋涉。

於是，爺孫倆便下樓準備午餐。爺爺在爐子前忙著升火，燒熱鍋子，烘烤乳酪。當他拿著裝盛羊奶的罐子和烤好的乳酪來到餐桌時，發現桌上已經整整齊齊地擺好了圓麵包、兩個盤子以及兩把刀。原來，海蒂早就仔細地觀察過壁櫥裡的東西，而且她還擺好了碗和杯子。

「嗯，真是個了不起的小傢伙。」爺爺邊說邊把乳酪放到麵包上，再把牛奶罐放在桌子的中央。屋裡有一張椅子，但海蒂太矮小，就算坐在椅子上也不及桌子高，於是，爺爺讓她坐在一個三腳小凳子上，再倒一些羊奶到碗裡，然後把碗放到椅子上，讓海蒂把它當桌子用。海蒂端起小碗，把羊奶咕嚕咕嚕一口氣喝個精光，畢竟走了這麼久的山路，她確實渴極了。

「羊奶好喝嗎？」爺爺問她。

「好喝！我從來沒有喝過這麼好喝的羊奶！」海蒂愉快地一邊啃著烤得鬆軟、塗上乳酪的麵包，一邊喝著濃郁的羊奶，感到非常滿足。

吃過午餐後，爺爺去收拾羊圈，海蒂也一直跟在旁邊細細觀察。她看見爺爺先用掃帚把羊圈清掃一遍，然後再鋪上新鮮的乾草，動作既乾淨又俐落。

接著，爺爺砍了幾根圓木，又是削，又是刨，又是鑿，很快就做好了一張適合海蒂坐的高腳椅。

「海蒂，你看看這是什麼？」爺爺親切地問。

海蒂驚訝地回答：「哇，這麼高！應該是我的椅子吧。爺爺您居然三兩下就做好了，真是神奇！」

不久，夜晚降臨了。大樹被風吹得「嘩嘩」作響，海蒂覺得這就像美妙的樂曲一樣悅耳，她繞著冷杉樹開心地又蹦又跳。爺爺站在門口，望著她也呵呵地笑了。

突然，一陣口哨聲響起，只見一群山羊從山上一隻接一隻地跑下來，走在羊群中央的正是彼得。海蒂歡呼著跑進羊群，向那些她今天早上才剛剛結識的朋友問好。

羊群中走出了兩隻漂亮又苗條的母羊，一隻褐色，一隻白色，牠們走到爺爺身邊，開始舔著他攤開的手掌。和平常一樣，傍晚把山羊領回家時，爺爺手裡總要準備好一把鹽。彼得向爺孫倆打過招呼後，便和他的羊群下山了。

海蒂溫柔地撫摸那兩隻山羊，一會兒摸摸這隻，一會兒摸摸那隻。「爺爺，這是我們家的山羊吧？」、「牠們住在小棚子裡嗎？」、「牠們會永遠和我們待在一起嗎？」

海蒂的問題一個接著一個，讓爺爺想回答一句「是啊！」都找不到時機。爺爺從白山羊身上擠了一碗奶，然後走進屋裡切了一片麵包給海蒂，說：「來，吃吧！吃完晚餐就上去睡覺吧！你的黛特阿姨拿了一包你的行李過來，裡面有類似小襯衫的衣物，我把它放到樓下的壁櫥裡面了，你如果有需要的話就自己去拿吧！我還得把羊趕進羊圈。好了，晚安。」

「晚安，爺爺！對了，這兩隻羊叫什麼名字？」海蒂好奇地問道。

「白色的叫『天鵝』，褐色的叫『小熊』。」說完，爺爺便把羊趕進羊圈了。

看著兩隻山羊正要走進羊圈，海蒂大聲喊道：「晚安，『天鵝』！晚安，『小熊』！」

然後，她坐在旁邊的小椅上吃著麵包，並喝著羊奶。吃完後，她便回到閣樓，爬上床，不一會兒便進入了夢鄉。

午夜時分，大風颳得更加猛烈了，整個小屋似乎在晃動，彷彿就要被吹翻。外面的冷杉樹也被風颳得發出響亮的呼嘯和怒嚎，不時還有斷枝掉到地上。

爺爺被外面的風聲吵醒後從床上坐起來，自言自語道：「那孩子大概會害怕吧。」於是，他走上閣樓來到了海蒂的床邊，觀察著她的動靜。

月光透過圓形的窗戶照射進來，小女孩躺在沉甸甸的被子下面，小臉蛋透著紅暈，一雙圓滾滾的小手安安穩穩地搭在枕頭上，睡得正香。好像正在做著一個快樂的美夢。

爺爺默默望著安穩入睡中的小女孩，直到月亮再一次被雲遮住，四周暗了下來，他才回到自己的床上，重新進入了夢鄉。

第三章　牧羊童彼得一家

第二天一大早，海蒂就被一陣響亮的口哨聲驚醒了過來。她睜開眼睛，看見一道金色的陽光透過小圓窗照在床鋪和旁邊的乾草上，讓周圍的一切看起來都金光閃閃的。海蒂吃驚地看了看四周，完全想不起來自己身在何處。

這時，她聽到外面傳來爺爺低沉的嗓音，便瞬間想起來了：自己現在是在高山牧場的爺爺家裡。

海蒂急忙從床上跳下來，飛快地穿上衣服，爬下閣樓，跑到屋外一看，彼得和他的羊群已經站在屋外了。爺爺正把「天鵝」和「小熊」從羊圈裡拉出來趕進羊群。海蒂朝爺爺和羊群跑過去，向他們道了聲「早安」。

「你想和他們一起去山上嗎？」爺爺問道。

「想！」海蒂高興地跳起來。

爺爺還把一大塊麵包和一大塊乳酪塞到彼得的糧食袋裡。彼得驚訝地把眼睛瞪得又大又圓，因為那兩樣東西比自己帶的午餐大上了一倍。

「你還得帶個小碗去。」爺爺說道：「海蒂不能直接從山羊身上擠奶喝，而且她也不會那種喝法。所以到了中午，你就把羊奶擠進這個小碗裡給她喝吧。小心照顧她，別讓她從大石頭上掉下來，你聽到了嗎？」彼得聽完後覺得更驚奇了，因為他從未見過奧西姆大叔這麼和善。

海蒂和彼得興致勃勃地上山去了。

昨夜的狂風把雲都吹走了，現在天空萬里無雲，草地上開滿了藍色和黃色的小花。海蒂一邊高興地大叫，一邊蹦蹦跳跳，玩得非常開心。彼得今天徹底被累壞了，因為羊群學著海蒂四處亂跑，讓彼得為了把迷路的山羊趕到同一處，不得不朝著各個方向，又是吹口哨，又是大喊大叫，還要拼命地揮舞手中的枝條驅趕羊群。

「海蒂！你又跑到哪裡去了？」彼得有點生氣地大叫。

「我在這裡！」原來海蒂正坐在一座小山丘後

面，那裡長滿了鮮花，空氣中彌漫著迷人的花香。

「快過來！」彼得又喊道：「你別再亂跑了，大叔要我好好照顧你呢！」

海蒂聽了立刻跳了起來，她趕緊在裙子裡裝進滿滿的小花，然後跑到彼得身邊。

「花摘夠了嗎？要是你不停地摘，把花都摘完了，那明天不就沒有花可以摘了嗎？」彼得一邊帶著海蒂上山，一邊說道。他們一起快步向上攀登，來到另一片大草原。

彼得拿下身上的糧食袋，小心地放在地上，然後在曬得暖洋洋的草地上躺成一個「大」字。在經歷過前番折騰後，他想好好地休息休息，舒展一下筋骨。

海蒂也脫下裝滿花的圍裙，仔細地捲起來，然後輕輕地放在糧食袋的旁邊，接著，在橫躺著的彼得身邊坐下，向四周觀望。溫暖的陽光籠罩著山下的山谷平地，連綿雪峰在湛藍的天空中顯得格外巍峨壯麗，一望無際的牧場一片寂靜，只有微風溫柔地吹拂著藍色風鈴草和金光燦燦的岩薔薇。

彼得大概是太累了，躺下後沒多久便沉沉睡去，完全沒發現羊群都跑到旁邊的灌木叢裡了。而海蒂的心情從來沒有像現在這麼愉快過，她一邊接受著金色陽光的洗禮，呼吸清新的空氣，一邊幻想著要是永遠都能像現在這樣，那該有多好啊！

就這樣過了許久，直到午餐時間，海蒂才叫醒彼得。

彼得從糧食袋裡取出裝了午餐的四個小布包，整整齊齊地擺在地上。然後，他拿出小碗，從「天鵝」身上擠出新鮮的羊奶給海蒂喝。

「這羊奶是給我的嗎？」海蒂興奮地看著眼前的那碗羊奶。

「是啊！喝完這些，我再從『天鵝』身上擠一碗給你。」

海蒂吃飽後，看到彼得的麵包馬上就要被他吃光了，便將自己剩下的麵包和一大塊乳酪一起遞給他，說：「這些東西給你吃，我已經吃飽了。」

彼得驚訝得說不出話來，因為他從出生到現在，從未有人給過他任何東西。他猶豫了一陣子，不敢相信自己的耳朵，在海蒂用力地把東西塞給他後，彼得這才帶著感激的心重重地點了點頭，開始吃起這頓自他當牧羊童以來最豐盛的午餐。

「彼得，這些羊叫什麼名字啊？」海蒂問道。

說到羊的名字，彼得可說是瞭若指掌，每隻羊叫什麼名字他都記得清清楚楚。於是，他便開始教海蒂認識每一隻羊。海蒂專心地聽著，不一會兒，她就能認出每一隻羊，並叫出牠們的名字，因為每隻山羊都有各自的特徵，所以要記住牠們其實並不難。

長著一對結實犄角的山羊名叫「大嘴巴」，因為牠總想用自己的犄角去撞別的山羊，所以大多數的羊一看見牠靠近就會立刻躲開。但是那隻長著一對利角、名叫「金翅鳥」的羊卻從不躲避牠，甚至還主動衝撞牠，所以「大嘴巴」不敢輕易地去招惹這隻羊。

還有一隻嬌小的白色小羊名叫「雪兔」，牠總是「咩咩」地叫個不停，好像有什麼傷心事，所以小海蒂經常抱住牠的頭安慰牠。這時，小羊又發出了悲鳴，海蒂擔心地問：「你怎麼了？為什麼叫得麼可憐？」。

「因為老山羊沒有和牠在一起。老山羊不久後就會被賣掉，再也不能到山上來了。」還在一旁狼吞虎嚥的彼得說道。

「老山羊是誰？」海蒂問。

「還能是誰，當然是「雪兔」的母親。」彼得答道。

「那牠的奶奶呢？」海蒂又問。

「牠沒有奶奶。」

「牠的爺爺呢？」

「牠也沒有爺爺。」

「噢，太可憐了，小雪兔。」海蒂憐愛地抱住小羊，對牠說：「你以後別再這樣哀鳴了，我每天都會來找你，那麼你就不會再感到孤單了。」小羊似乎聽懂了海蒂的話，牠把身體靠近海蒂，依偎在她身旁，逐漸安靜了下來。

彼得吃飽後，就和海蒂一起在山上放牧，一會兒把頑皮的小羊從山崖邊拉回來，一會兒拔些香氣四溢的嫩草餵食牠們，一會兒又把牠們趕往避風的窪地。不知不覺，歡樂的一天很快就過去了。太陽從遙遠的群山後面緩緩落下，海蒂望著沐浴在金色夕陽下的山峰，草原的每一株草都被染成了淡淡的金色，就連大岩石也開始發出金燦燦的光芒。

突然，海蒂站了起來，大叫：「啊，彼得，著火了，著火了！看看那裡！那塊岩石已經變得通紅，還有那些樹也是，就連山上的雪也著火了！」

「這種狀況經常發生，但那並不是真的火。」彼得一邊回答，一邊悠閒地剝著牧羊枝條上的碎屑。

「不然是什麼？彼得，那些是什麼呀？」海蒂追問道，同時不停地四處張望，她覺得眼前的美景怎麼看也看不夠。

「這只是一種自然現象，就是自然而然會發生的事情。」

「哎呀，快看那裡！」海蒂興奮地喊道：「它們現在變成玫瑰色了！岩石上就像長了好多玫瑰一樣，雪也變成玫瑰色了！啊，不，它們又慢慢變成灰色了，所有的顏色正在慢慢地消失！哎呀，一切都沒了。」

說完，海蒂一臉失望地坐到地上，彷彿一切都要完蛋似的。

「陽光明天還會有的。來，站起來吧，我們該回去了。」說完，彼得便用口哨和叫喊把羊群聚集起來，然後兩個人一起踏上了歸途。

「以後也會有像剛剛那樣的美景對吧？山上每天都有？」海蒂邊走邊問。

「是啊！」彼得堅定地說。海蒂聽到彼得的回答後，立刻又高興了起來。

回到小屋時，海蒂一眼就看到爺爺正坐在冷杉樹下的椅子上。他先前在那裡置放張長椅，這樣傍晚時就能坐在這裡等著自己的山羊回來。海蒂快步跑到他面前，後面還跟著「天鵝」和「小熊」。

這時，彼得從後面喊道：「明天再見，晚安！」他非常願意讓海蒂明天再來。海蒂也馬上跑去和彼得握手話別，並保證明天一定再去。

和彼得道別後，海蒂又回到了冷杉樹下。「爺爺，今天真是太愉快了！看看我給你帶來了什麼！」說著，海蒂把她全部的「寶物」從圍裙裡拿出來。可是，那些可憐的花兒看起來都像乾草一樣，全都枯萎了。

「咦？爺爺，這是怎麼一回事啊？」小海蒂大吃一驚，大叫起來：「剛才它們不是這樣的！」

「花喜歡在外面被太陽照著，它們不喜歡待在圍裙裡呀！」爺爺說。

「那我以後再也不把它們摘下來了。」海蒂說。

爺爺讓海蒂去洗澡，自己則去羊圈擠點羊奶，忙完後爺孫倆坐在餐桌旁一起吃晚餐。海蒂坐在新椅子上，喝著香濃的羊奶，她今天依然吃得津津有味。

吃著晚餐，海蒂把今天看到的一切都說給爺爺聽：山上的風景多麼優美，每座山的樣子多麼特別，羊群多麼有趣，尤其是傍晚時分的夕陽簡直是太美麗了。

海蒂希望明天快點到來，這樣她就能再到山上去度過愉快的一天，但現在她還是必須先去睡覺。於是，海蒂爬上用乾草鋪成的床躺著，沒多久就進入了夢鄉。她一整夜都夢見閃閃發光的群山和紅色的玫瑰。在夢裡，她和小羊「雪兔」快樂地蹦蹦跳跳，跑來跑去……

隔天又是晴朗的天氣，彼得帶著山羊一大早就來了，海蒂和爺爺道別後就和他們一起往山上走去。

日子一天天地過去，海蒂在山上每天都度過快樂的時光，她的臉龐被太陽曬成棕色，而且因為每天都去放牧，所以身體非常健壯，從來沒有生過病。海蒂就這樣幸福地生活著，她就像森林裡一隻快活的小鳥，整天笑逐顏開。

不久，秋天到了，刺骨的北風開始呼嘯起來。爺爺不放心讓海蒂到寒冷的山上放牧，於是對她說：「小海蒂，你這段時間就待在家裡吧！外面風這麼大，像你這樣的小孩子說不定會被吹到山谷下面。」

海蒂告訴彼得這個消息後，彼得就顯得非常沮喪，因為他已經習慣每天和海蒂在一起了。而海蒂雖然對於爺爺不讓她到山上放牧感到有點難過，但對她來說，在家看著爺爺鋸木頭、做山羊乳酪，或是用錘子敲敲打打地做工，也很有趣。

不久，天氣變得非常寒冷了，早晨上山來的彼得總要不斷地往兩隻手上哈氣。有一天晚上，下了一場很大的雪，天亮之後整個山上都是皚皚白雪覆蓋，周圍看不到一小片綠草。這樣一來，彼得就無法帶著他的羊群上山了。

雪一直不停地下，在地上積起了一層厚厚的雪，愈積愈高，最後連窗戶都無法打開了。爺爺和海蒂被困在屋子裡。海蒂覺得非常好奇，她不停地從這個窗戶跑到另一個窗戶，想知道接下來白雪是否會將整間小屋覆蓋。但是第二天早晨雪就停了，爺爺用鐵鍬把屋子周圍的積雪鏟除，並把鏟除的雪堆成一座高高的小雪山。

當天下午，海蒂和爺爺正坐在火爐旁取暖，突然傳來了敲門聲，之後是一陣踩踏門檻的聲音，接著門開了，彼得走了進來。他全身上下都蓋滿了雪，由於天氣太冷，雪都變成了雪塊黏在他身上，他費了一番功夫才跺掉沾在鞋子上的雪塊。彼得會突然造訪，是因為他已經有八天沒有見到海蒂了，因此，他決定即使冒著大雪也要來一趟。

「午安！」彼得邊說邊走進屋，找了靠近火爐的一塊空地坐下來，臉上帶著愉快的神情。海蒂非常高興彼得來，兩個人開心地聊著天。爺爺在旁邊一直保持沉默，但他也常常愉快地咧咧嘴，表明他有仔細在聆聽。

天快黑了，彼得起身準備回家。臨走之前，他不忘把奶奶的話傳達給海蒂：「奶奶說，你有空的時候可以到我們家玩，那樣她會非常高興的。」

這個邀請可把海蒂樂壞了，她從來沒想過能到別人家做客，幾乎等不及立刻前往。於是第二天早晨，海蒂一起床就對爺爺說：「爺爺，我今天要去老奶奶家，她正在等著我呢。」

「積雪太深了。」爺爺不同意。

然而，海蒂並沒有改變心意，她每天都要嘮叨五、六遍：「爺爺，今天我無論如何都得去，老奶奶還在等我呢！」

到了第四天，外面仍然寒氣逼人，四處都凍結成硬硬的一大片雪層，但天空總算撥雲見日，有燦爛的陽光從窗戶照射進來了。海蒂又說：「今天我無論如何都要去老奶奶那裡，否則拖太久就不好了。」

這次，爺爺終於同意了，他從屋裡搬出了一架很大的雪橇。爺爺坐上雪橇，把海蒂抱到膝蓋上，又用被單把她的身體團團裹住，讓她不至於著涼。爺爺左手緊緊地抱住海蒂，右手抓住棒子，兩腳在地面上一蹬，雪橇便像離弦之箭般衝下山坡。海蒂覺得自己像鳥一樣在天上飛，不禁大聲歡呼起來。

不一會兒，雪橇就在牧羊童彼得的家門前停下。爺爺把海蒂放到地上，解開包在她身上的被單，說：「好了，進去吧，天快黑時記得回家。」說完，爺爺就把雪橇掉轉方向，拉著它朝山上走去。

海蒂打開彼得家的門，走進屋內。裡面一片黑漆漆，只有一個爐灶和一個擺放著幾個小碗的架子，原來這是一間窄小的廚房。這間房子不像爺爺的小屋那般寬敞，也沒有可以貯藏乾草的閣樓，它只是一個很小、很舊的房子，裡面既狹窄又擁擠。海蒂又打開旁邊的一扇門，走進了一個不太寬敞的房間。

房間內有一張桌子，桌旁坐著一個正在縫衣服的女人，海蒂一眼就認出那件衣服是彼得的。屋子的另外一個角落裡，有一個上了年紀的駝背老奶奶正坐在椅子上聚精會神地紡織。海蒂馬上就知道她是誰，於是直接走了過去。

「早安，奶奶，我終於來拜訪您了。您大概以為我要很久以後才會來吧？」

老奶奶抬起頭用手摸索了一番後，終於找到海蒂向她伸出的小手。她抓住海蒂的手，想了一會兒問道：「你是高山牧場上奧西姆大叔的孫女嗎？你就是那個小海蒂嗎？」

「是呀！」海蒂回答：「我剛和爺爺坐著雪橇從山上下來。」

這時，在桌子旁邊縫衣服的布吉麗特站了起來，一邊打量著海蒂，一邊不解地說：

「那個奧西姆大叔真的親自把你送過來了？真令人難以置信！」老奶奶也半信半疑地說：「那麼，彼得整個夏天講的那些有關奧西姆大叔的事看來全都是真的囉？我們還以為他胡說八道呢！」

於是，海蒂開始用歡快的語調講述她與爺爺的日常生活，以及和爺爺一起過冬的經歷。她告訴老奶奶，爺爺會用木頭做很多東西，譬如長凳、椅子，以及給「天鵝」和「小熊」餵食乾草的飼料槽，還有夏天洗澡用的大水盆和裝牛奶的小碗，甚至漂亮的勺子。漸漸地，海蒂說得入迷，便將爺爺對她的照顧一股腦兒地全說出來。老奶奶認真傾聽著，時不時迸出一句：「噢，這真的是奧西姆大叔嗎？」

海蒂說完她的生活後，便開始東張西望，她發現奶奶家的百葉窗已經壞了，便對奶奶說：「奶奶，屋裡的百葉窗已經壞了，我請爺爺來這裡替您修理吧！」

「哎呀，真是個心地善良的好孩子啊！」奶奶說：「雖然我眼睛看不見，耳朵卻聽得很清楚。不光是百葉窗，只要風一吹，整棟房子便『嘎吱嘎吱』作響。可怕極了！」

「奶奶為什麼看不見百葉窗呢？您看，就在那裡啊！」海蒂用手指著百葉窗疑惑地問道。

「孩子啊，不光是百葉窗，我什麼東西都看不見。」奶奶回答。

海蒂聽見老奶奶的眼睛永遠都無法看見東西，心裡難過極了，她邊啜泣邊說：「沒有人能讓奶奶重見光明嗎？真的沒有任何人嗎？」最後，海蒂抑制不住悲傷的情緒，大哭起來。老奶奶想盡各種辦法安慰這孩子，心裡既感動又難受。

突然，大門被重重推開，彼得大咧咧地走了進來。見到海蒂，他原本的大眼睛因驚訝而變得更大了。海蒂立刻向他打招呼：「午安，彼得！」原來，在不能放牧的冬天，彼得就得去上學，雖然他不是很喜歡，但也沒辦法。

「現在，已經是彼得放學的時間了嗎？」老奶奶吃驚地問道，「這個下午過得真快！」海蒂一聽，立刻從小椅子上跳了下來，急忙說道：「天黑了，我必須趕緊回家。晚安，奶奶。」說著，她與彼得和布吉麗特握了握手，便朝門口走去。

這時，老奶奶放心不下地喊道：「等等，小海蒂，你一個人回去太危險了，讓彼得帶你回去吧！彼得，你要照顧好她，別讓她摔跤，也別在半路停下來，不然會凍僵的，知道嗎？海蒂有帶保暖的圍巾嗎？」

「我沒帶，可是我不會凍僵的。」已經走出門口的海蒂回過頭喊了一聲。

然而，老奶奶還是很擔心，於是又回頭叫了彼得的媽媽：「布吉麗特，快，快追上去！這麼冷的天氣，小海蒂會被凍著的。把我的圍巾拿去吧，快點！」

布吉麗特照奶奶說的話帶著圍巾衝了出去，可是沒走幾步，她就看見奧西姆大叔從山上下來接海蒂了。他用衣服把海蒂緊緊裹住，抱起來朝山上走去。

布吉麗特看到這一幕感到非常驚訝，她飛奔進屋，並把剛才的事告訴奶奶。奶奶聽了也感到不可思議，不停地說：「感謝親愛的上帝，他能對孩子這麼溫柔真是太好了！那孩子給我帶來了這麼多歡樂，如果她能再來就好了。」

回到家的海蒂不停地向爺爺描述著彼得家的情況，她著急地說：「爺爺，明天我們帶上錘子和大釘子，下山去奶奶家幫他修理百葉窗吧！現在風這麼大，奶奶坐在屋裡一定很冷。」

「我們有必要這麼做嗎？誰跟你說的？」爺爺冷冷地問道。

「沒有人跟我說，是我自己想的。」海蒂回答：「那房子所有的地方都鬆動得嘎吱響，爺爺，您肯定會有辦法吧！奶奶只能生活在黑暗中，又成天因為房子搖晃的聲音擔心受怕，她該有多難過呀！明天我們就去幫助她，好嗎？」

爺爺見海蒂望著他的眼神裡充滿了期待，便同意了。

第二天下午，兩個人再次坐著雪橇滑下山，然後像昨天一樣，爺爺又在彼得的家門前把海蒂放下來，並說：「快進去吧，記得天黑前回家。」然後他把工具袋往雪橇上一放，開始繞著房子走來走去。

老奶奶非常高興海蒂再度來訪，還沒等海蒂坐好就開始問她好多問題。這時，屋外突然傳來一聲巨響，老奶奶被嚇得坐立不安，以為房子快塌下來了。海蒂急忙向她解釋：「奶奶，別怕，那是爺爺拿錘子修房子的聲音，他馬上就會幫您把房子修補好，以後您就再也不用擔心受怕了。」

「天哪，這是真的嗎？」奶奶喊著：「布吉麗特，快出去看看，如果真的是奧西姆大叔，就請他進來，我一定要親自謝謝他。」

布吉麗特走出屋子，一看到奧西姆大叔便趕緊向他致謝，並邀請他進屋裡坐。

「不必了。」爺爺冷冷地說：「你們對我的看法，我都一清二楚。快進去吧！我只是來把房子修好的。」

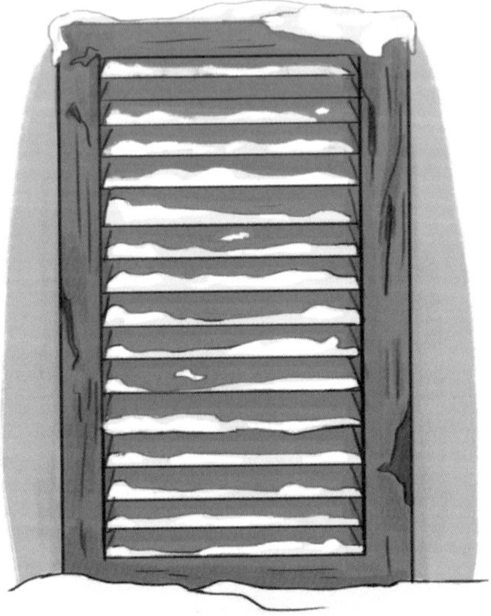

爺爺修好房子後，天色也暗了。他像昨天一樣把海蒂用衣服包裹好，然後單手將她抱起，用另一隻手拉著雪橇回家去了。

就這樣，寒冬一天天過去了。長久以來，眼盲的老奶奶生活得索然無味，但在海蒂來了以後，終於有了一些歡樂。老奶奶不再覺得日子暮氣沉沉，每一天也不像以前那樣黑暗漫長，那都是因為海蒂為她帶來了快樂與溫暖。

海蒂也非常喜歡陪伴老奶奶，而且每當她想到沒有人能讓老奶奶的眼睛重見光明，甚至連爺爺也無能為力的時候，就會感到很難過。可是老奶奶總是對她說，只要有她在身邊，自己就一點都不難受了。所以整個冬天只要天氣好，海蒂就會坐著雪橇下山到老奶奶家裡去。

爺爺從不多說什麼，只是默默地在雪橇放上錘子和其他工具後便送她下山，然後整個下午都在彼得家的小房子周圍敲敲打打。爺爺的修補起了很好的作用，從此那房子再也沒有「嘎吱嘎吱」地響過。老奶奶總說，她很久沒在冬天的夜裡睡得這麼安穩了，還說她絕不會忘記奧西姆大叔的熱心腸。

第四章　壞事接二連三

冬天走了，接著快樂的夏天也飛快地過去。海蒂就像一隻飛在天上的小鳥一樣快樂而幸福，一眨眼，現在她已經八歲了，健康活潑、聰明可愛，還向爺爺學了好多手藝。「天鵝」和「小熊」總是跟在她後面跑來跑去，而且只要一聽到她的聲音，就會立刻高興得「咩咩」叫。

這個冬天，學校的老師已經讓彼得傳話給奧西姆大叔，說他應該把海蒂送來上學，因為她早就超過入學年齡了。但奧西姆大叔也讓彼得帶話回去，說自己並不打算讓這個孩子去學校。

隔年三月一個晴朗的早晨，多弗雷村的老牧師親自來到山頂上說服爺爺。但不管牧師怎麼百般勸說，爺爺就是堅持不肯送海蒂去上學。

「你為什麼要一意孤行，固執己見呢？」牧師有點激動地說：「上學是一個小孩應該做的事啊！」

「一定要上學嗎？」爺爺反問道：「難道你想讓這麼柔弱的孩子在冰天雪地的

早晨，頂著暴風雪花兩個小時下山，然後晚上再回山上來嗎？您大概還記得這孩子的母親，也就是阿德海特的事吧？她有夢遊症，而且經常發作。難道你想讓這孩子也因為勞累過度而患上這種病嗎？」

「你說得也對，讓孩子從這裡去學校，我也覺得不可行。」牧師溫和地說：「我知道你很愛這個孩子，那麼你就應該回到山下的多弗雷村去，重新和大家一起生活。你們整個冬天都困在這屋子裡，居然沒有被凍壞，我真不知道這麼小的孩子是如何熬過來的！」

「她被照顧得非常好，整個冬天這屋子裡的火從來沒有斷過。至於重新搬下山居住這件事情，我是不會答應的。大夥兒根本瞧不起我、鄙視我，所以我們還是分開住吧，這對彼此都有好處。」

「山下的人對你的鄙視，並沒有你想像的那麼嚴重。」牧師誠懇地說：「我期待你明年冬天能重新回到山下來，與我們一起生活，並和村子裡的人和陸相處。」

奧西姆大叔謝絕牧師的好意，並明白地告訴牧師他不會送海蒂去學校，更不會回到山下生活。於是，牧師只好失望地離開了。

然而，就在爺孫倆剛吃過午餐後，又來了一位不速之客，這回竟然是從法蘭克福回來的黛特阿姨。黛特阿姨頭上戴著一頂插著羽毛的漂亮帽子，身上穿著一件長連身裙，看起來非常艷麗。她今天來是為了接海蒂和她回到法蘭克福而來。

「其實我呀，一直都想把小海蒂帶走，因為我知道她在這裡會給你添麻煩，可是我又想不到能把她安置在哪裡，只好先讓她待在這裡。不過現在不同了，我知道一個對海蒂來說非常難得的機會。是這樣的，我的老闆有一位非常富有的親戚，住在全法蘭克福最漂亮的豪宅裡。他只有一個女兒，可是那孩子雙腿癱瘓柔弱，所以得一直坐在輪椅上。她很孤單，就連老師來家裡替她上課的時候，也是一個人，因此，她的家人就想為她找一個玩伴。我從老闆那裡聽到這個消息後，立刻把海蒂推薦給他們，沒想到他們竟然馬上就答應了！」

黛特又接著說：「這真是太幸運了！那戶人家肯定會像對待自己的小女兒一樣對待海蒂的。而且那個女孩體弱多病，萬一有個什麼不幸，他們說不定會正式收養海蒂……」

「你說完了嗎？我對這種事沒興趣。」爺爺冷冰冰地拒絕了黛特。

黛特怒氣沖沖地喊道：「海蒂現在已經八歲了，可是什麼都不會，因為你不讓她上學和上教堂。多弗雷村的人都對這件事議論紛紛。況且她是我姊姊的孩子，我對她有責任。現在有這麼多難得的機會，你卻反對，我看你是不想讓海蒂過好日子吧！」

「閉嘴！趕緊把她帶走吧！再也別把她帶回來！」憤怒的奧西姆大叔說完，便大步走出了屋外。

「阿姨，你惹爺爺生氣了。」海蒂不悅地瞪著黛特說。

「他馬上就會消氣的，來，我們該走了。」黛特催道：「你的衣服在哪裡？」

「我不去。」海蒂說。

「你在胡說些什麼？爺爺不是說再也不想見到我們了嗎？難道你想繼續留在這裡惹他生氣？聽我說，要是你到了法蘭克福覺得不喜歡，我們還可以再回來啊！到那時候，爺爺大概也消氣了。」

「真的嗎？馬上就能回來嗎？」海蒂問。

「你想什麼時候回來就什麼時候回來。沒時間了，快走吧！」黛特搪塞道。

黛特從壁櫥裡拿出海蒂的衣服，塞進行李袋裡，然後帶著海蒂下山了。她們要先趕到鎮上，隔天一早再搭上開往法蘭克福的火車。

半路上她們遇見彼得，彼得見兩人行色匆匆，便問：「妳們要去哪裡啊？」

海蒂難過地回答：「法蘭克福。」

她還來不及和彼得道別，就被阿姨拉著往前走了。彼得一聽到海蒂要離開，趕緊跑回家告訴奶奶，但是奶奶也無法阻止黛特，因為她們一轉眼已經走遠了。

從這天起，奧西姆大叔每次下山經過多弗雷村的時候，臉上的表情都比以前更加陰沉。他總是皺著濃濃的眉毛，身上背著裝滿乳酪的架子，手裡拿著嚇人的粗樹枝，樣子看起來非常可怕。這個老人不和多弗雷村的任何人打交道，只是穿越村子來到下面山谷的平地，在那裡賣掉乳酪，再買足夠的麵包和肉回去貯存起來。

村民們覺得奧西姆大叔愈來愈暴躁可怕，一看到他便都躲得遠遠的。只有眼盲的老奶奶堅稱奧西姆大叔對海蒂非常好，還幫她家修補房子。可是人們都不相信，他們認為老奶奶已經上了年紀，既聽不清，又看不見，一定是搞錯了。

海蒂被帶走後，奧西姆大叔就不再去牧羊童彼得的家了。所幸他之前的修補，已經讓房子不會再因為風吹而搖晃了。雖然不再為房屋而擔驚受怕，但老奶奶的心情依舊非常低落，因為她非常想念那個曾為她帶來許多歡樂的小女孩。

第五章　法蘭克福的新生活

在法蘭克福的賽思曼家，自從女主人過世以後，賽思曼先生便經常出外旅行，家裡的事全託付給了管家洛泰亞小姐。洛泰亞小姐是位中年婦人，非常嚴肅認真，她負責管理家裡所有的僕人，主要是男僕塞巴斯和女僕蒂奈特。賽思曼先生的女兒克拉拉有一雙溫柔的藍眼睛，她體質虛弱，面色蒼白，只能坐在輪椅上，被人從一個房間推到另一個房間。賽思曼先生雖然不常在家，但他非常疼愛女兒，無論做什麼事情都會先徵詢女兒的意見，而且絕不允許僕人做女兒不喜歡的事情。

賽思曼家非常富麗堂皇，有寬敞的餐廳、寬大的書房和舒適的臥室，屋裡還擺放著各式各樣的精美家具。

黛特和海蒂來到賽思曼家後，被僕人帶到書房，見到了紮著高高的髮髻、穿著華麗的管家洛泰亞小姐。洛泰亞小姐打量著身穿粗布衣裳、戴著一頂舊草帽的海蒂，似乎對於讓這樣一個小女孩當克拉拉小姐的玩伴感到不太滿意。

「這孩子的年齡看起來和我們當初要求的不太符合吧！黛特，我之前不是告訴

過你克拉拉小姐的玩伴要和她差不多大，要能和她一起上課，無論做什麼都能和她作伴的嗎？克拉拉小姐已經十二歲了，她才多大？」

「對不起。」能言善道的黛特辯駁道：「我記不清這孩子幾歲了，不過的確比小姐小一點，大概有十歲左右吧。」

「我八歲，是爺爺告訴我的。」海蒂清清楚楚地說道。黛特趕緊戳了戳她，讓她別那麼老實，可是海蒂不懂她的意思，仍舊一派天真。

「什麼？八歲？」洛泰亞小姐有些生氣地說：「她們相差四歲呢！這怎麼行！那你學了些什麼？上課都用什麼書？」

「沒用什麼書，我什麼也沒學過。」海蒂回答。

「天哪！你沒唸過書？」洛泰亞小姐吃驚地喊道。

「黛特，」洛泰亞小姐深呼吸一口氣後，開始說：「這和原先說好的完全不同。你怎麼能給我帶來這樣的一個孩子呢？」

黛特並沒有退縮，反而大膽地向洛泰亞小姐辯解：「真是對不起，可是這孩子就是你們想要的理想類型。您說要一個與眾不同的孩子，所以我才把她帶來。況且我們那裡年紀大一點的都是些普通的小孩，因此我才認為她就是你們想要的。好了，我必須先告辭了。有空我一定會來看望這孩子的。」黛特說完行了屈膝禮，便連忙離開了。萬般無奈的洛泰亞小姐只好先留下海蒂。

坐在輪椅上的克拉拉主動向海蒂打了招呼：「請到這邊來！」

海蒂走了過去。

「你叫海蒂對吧？這個名字聽起來很適合你。你的頭髮總是又短又捲嗎？」克拉拉親切地問。

「嗯，是啊！」海蒂回答。

「你喜歡到法蘭克福來嗎？」

「嗯，不過我明天就要回去了，我得去給老奶奶送麵包。」

「天哪，你真是個怪孩子！」克拉拉有些不高興地說：「你到這裡是要陪我一起讀書的，因為我覺得一個人讀書實在太無聊了。每天早上十點，凱迪達特先生會到家裡替我上課，一直上到下午兩點，真是太漫長了！害我總忍不住打哈欠。不過以後有你作伴肯定有趣多了。」海蒂一聽說要唸書，擔心地搖搖頭。

「別擔心，把老師教的慢慢記起來，你就會懂得越來越多了。」克拉拉安慰道。

晚餐時間，克拉拉、洛泰亞小姐和海蒂三人坐在寬大的飯桌旁，由兩位僕人在旁服侍。海蒂一見到男僕塞巴斯，竟覺得他和牧羊童彼得長得很像，讓她備感親切。當塞巴斯在她的盤子上放了一塊麵包時，她心直口快地問：「這個我可以帶走嗎？」男僕雖然對這個要求感到吃驚，但還是點了點頭。海蒂開心地把漂亮的白麵包放進自己的口袋裡，打算明天回去帶給老奶奶吃。

洛泰亞小姐看見海蒂的行為，深深嘆了一口氣。她對海蒂說：「看來我必須從頭開始教你用餐的規矩。」說完，洛泰亞小姐便開始仔細地教導海蒂用餐和各種禮節，譬如什麼時候起床、什麼時候就寢，以及如何應對進退、如何保持房間整潔等等。海蒂聽著聽著，眼皮不自覺地就黏在一起了。也難怪，她今天早上還沒五點就起床，還走了那麼長的路。所以她就這樣靠在椅背上睡著了。

又過了許久，洛泰亞小姐才總算結束了她一番長篇大論的說教。「好了，你都記清楚了吧？」

「海蒂早就睡著了。」克拉拉神情愉快地說道。她覺得很有趣，因為平時的用餐時間都太沉悶了。

「哎呀！居然有這樣的孩子，真是太不像話了！」洛泰亞小姐氣極敗壞地叫來兩位僕人，並命令他們把海蒂叫醒，然後送她回房間。

第二天早晨，海蒂睜開眼睛，花了好長時間才搞清楚自己身在何處。她很想打開窗戶，看看外面的草地和藍天，聽冷杉樹「嘩嘩」的聲響。可是所有的窗戶都關得緊緊的，她怎麼推都推不動。

這時，女僕蒂奈特板著臉來告訴她：「早餐已經備妥了！」海蒂不知道這話的意思是叫她去餐廳，還是安靜地待在房間裡等著用餐。

過了一會兒，洛泰亞小姐怒氣沖沖地走了進來，對著還坐在房裡的海蒂大吼：「所有的人都在等你，你難道不懂什麼是吃早餐嗎？快來！」海蒂這才明白是怎麼回事，馬上跟隨女管家前往餐廳。

餐廳裡，克拉拉已經坐在自己的位子上等候多時，一看見海蒂，便熱情地向她道早安。克拉拉的臉色比平時好多了，因為她認為今天大概又會有什麼有趣的事情發生。

早餐時間平安無事地結束了。飯後，克拉拉又像往常一樣被推進了書房，等待凱迪達特先生的到來。海蒂也聽從洛泰亞小姐的吩咐，跟著克拉拉一起進來，當書房裡只剩下她和克拉拉時，海蒂馬上問道：「從這裡要怎麼看見屋外的風景？」

「打開窗戶就看得到了。」克拉拉回答。

「可是窗戶打不開啊！」海蒂難過地說。

「可以。」克拉拉肯定地說：「如果你開不了的話，我也沒辦法幫你。不過你可以跟塞巴斯說，他絕對會幫你打開的。」

聽見可以打開窗戶看看外面，海蒂總算放心了。接著，克拉拉問起海蒂住在山上的情形，海蒂高興地一一聊起高山牧場、羊群，以及所有她喜歡的事物。

沒多久凱迪達特先生到了。洛泰亞小姐把剛踏進門的老師帶到餐廳，向他談起目前的窘境，希望他寫封信給賽思曼先生，讓海蒂立刻離開，回到她自己的家去。但是凱迪達特先生為人謹慎，希望先觀察幾天後再決定。

此時，書房突然傳來好多東西掉到地上的聲響。洛泰亞小姐急忙跑進去一看，發現所有的學習用品：包括書、筆記本、墨水瓶，還有桌布，全都散落在地上，黑黑的墨水沿著桌布而下流了滿地。而海蒂卻不見蹤影。凱迪達特先生目瞪口呆地站在那裡，望著眼前亂糟糟的情景。

「這一定是那個小女孩弄的！不然還有

誰？」洛泰亞小姐激動地喊道。

「噢，她不是故意的，你別斥責她。剛才她急著站起來不小心打翻了，我想她大概是跑出去看馬車吧。」克拉拉說。

洛泰亞小姐急忙下樓，看見大門敞開著，海蒂正站在那裡，呆呆地朝著馬路來回張望。

「你到底怎麼了？你怎麼可以沒頭沒腦地就跑出來！」洛泰亞小姐厲聲斥責。

「剛才我聽見冷杉樹在『嘩嘩』地響著，可是我找不到樹在哪裡。」海蒂神情失望地回答。原來，她錯把馬車的聲音當成了阿爾卑斯山的風吹過冷杉樹時發出的聲響。

「冷杉樹？你以為這裡是森林嗎？太荒唐了！快上樓看看你做了什麼好事！」說完，洛泰亞小姐舉步走回樓上，跟在她後面的海蒂看到書房亂七八糟的樣子也嚇了一跳。

「看吧，這全是你造成的！以後不許再有第二次，明白了嗎？」洛泰亞小姐指著地板說。「上課時，你必須好好坐在自己的位子上，認真聽講，這是規矩！」

「是，」海蒂回答：「以後我會守規矩的。」

書房亂成這樣，今天的課看來是沒辦法進行的，於是老師只好回去了。

到了下午，克拉拉往往需要休息片刻，因此，海蒂可以利用這段時間自由活動，她已經想好了主意。海蒂跑到餐廳，請求男僕塞巴斯替她打開一扇窗戶。窗戶打開後，海蒂發現四周全都是石子路，根本看不見其他東西。她沮喪地問：「我該到哪裡去才能看到整座山谷，望向很遠很遠的地方呢？」

「你如果想看得很遠，就得到高塔上，譬如教堂的塔樓。你看，那邊就有個高高的塔樓。」塞巴斯說。海蒂一聽，便立刻跑出去來到馬路上。她沿著馬路一直往前走，卻怎麼也走不到塔樓前。這時，她看見街角站著一個小男孩，身後背著一個小小的手風琴，便向他問路。

「你知道教堂的塔樓在哪裡嗎？」海蒂問。

「知道啊。」小男孩回答。

「你可以告訴我嗎？」

「那你得先付錢。」小男孩伸出手。

「現在我身上沒有半毛錢，不過克拉拉一定會給的，你要多少？」

「二十便士。」

「好，走吧。」海蒂說完，便催促著小男孩帶路。

兩人走過長長的街道後，終於來到教堂，可是教堂的大門緊閉，根本無法打開。

「要如何才能打開大門呢？」海蒂問。

「不知道，你按電鈴試試吧。」小男孩回答。

「那待會我上去的時候，你能在樓下等我嗎？我回去還要請你帶路。」

「可以啊，不過我要再收二十便士。」小男孩說。

「一言為定。」說完，海蒂便按了電鈴。

過了一會兒，一位滿頭銀髮的守塔人打開門，了解海蒂的要求後，便並帶領她來到塔樓。海蒂從高處往下一望，看見無數的屋頂、高塔和煙囪，和她想像的景象相去甚遠，好不失望！

臨走前，海蒂發現有幾隻剛出生的小貓被放在籃子裡，便興奮地湊上前看，守塔人見海蒂看得這麼入迷，便送了她兩隻小貓。

海蒂讓小男孩帶著她回到了賽思曼家門口。塞巴斯一看見海蒂就催促她：「快點，快點，快去餐廳！大家都在等你了！」說完便慌慌張張地把門關上了，完全沒有注意到還有個小男孩一臉錯愕地站在門外。

海蒂走進餐廳，洛泰亞小姐沒有抬頭看她，克拉拉也沒有說話，屋裡一片鴉雀無聲。海蒂一坐下，洛泰亞小姐就嚴厲地訓斥她：「你真的很沒有教養，竟然沒交代一聲就跑到外面去閒逛到天黑才回來，真是的太不像話了！」

「喵」的一聲，像是對洛泰亞小姐的回應。

「你竟然還學貓叫來戲弄人？」洛泰亞小姐更生氣了。

「我，其實……」海蒂對她說，「喵——喵——」

「夠了！」洛泰亞小姐氣得大叫：「站起來，出去！」

海蒂驚慌地從椅子上站起來，再次辯解：「其實那是……小貓的叫聲。」

「喵——」

「你說什麼？小貓？」洛泰亞小姐驚叫：「塞巴斯！把貓找出來，扔出去！」

從海蒂一進門，塞巴斯就發現她的衣服口袋裡露出小貓的腦袋。當他衝進餐廳時，房間裡已經恢復了平靜，克拉拉把小貓放在自己的膝蓋上，海蒂跪在她的旁邊，兩個人正和兩隻可愛的小貓咪開心地玩著。

「塞巴斯，」克拉拉對剛走進來的僕人說：「請你為小貓做個窩好嗎？我們想養這兩個可愛的小傢伙。」

「是，小姐。」塞巴斯高興地答應了，「我會在一個籃子裡鋪上乾淨的布作為小貓的新家，並且把牠們放在洛泰亞小姐找不到的地方，以免被她發現後拿去扔掉。」

因為海蒂一整天闖著禍，讓洛泰亞小姐既生氣又受到了不小的驚嚇，筋疲力盡的她早就回房休息了，因此，原本打算對海蒂進行的懲罰也取消了。

第六章　賽思曼家亂成一團

隔天早上，塞巴斯把凱迪達特先生帶到書房後，聽見有人在按門鈴，而且按得非常急促。他打開門，看到一個衣衫襤褸的小男孩背著手風琴站在他面前。

「我要見克拉拉小姐。」男孩說：「她欠我四十便士。」

塞巴斯覺得有些莫明其妙，他疑惑地看著小男孩。

小男孩解釋說：「昨天我幫她帶路，報酬是二十便士，然後又帶她回來，要再加二十便士。」

「這怎麼可能呢？克拉拉小姐昨天沒有出去過，而且她也根本不可能出去。」

塞巴斯認為男孩在撒謊。

可是，那個男孩堅持說：「是真的！我可以形容她的模樣給你聽！她的頭髮是黑色的，又短又捲，眼睛也是黑色的，身上穿著棕色的衣服。」

塞巴斯頓時明白小男孩指的是誰，忍不住偷偷笑了起來，心裡嘀咕道：「他形容的樣子不就是那個小女孩嗎？不知道這次她又做了什麼事？」

於是，他把男孩帶進屋裡並對他說：「我先上去通報小姐，然後你再上來為小姐拉首曲子，我想她會非常高興的。」

說完，塞巴斯便上樓敲了敲書房的門。

「請進。」裡面傳來了聲音。

「小姐，樓下有個男孩說非見你不可。」塞巴斯報告。

克拉拉聽到這麼稀奇的事，不禁高興地說：「快帶他進來。」接著，又轉頭對凱迪達特先生說：「老師，請讓我和那男孩談一下就好。」

過了一會兒，男孩走進書房，並按照塞巴斯的吩咐演奏起了手風琴。

此時，洛泰亞小姐正坐在餐廳裡，突然聽見書房裡傳來樂器聲，便走過去察看是怎麼回事。當她把書房的門打開一看，發現房間的正中央站著一個衣衫襤褸的男孩，正專心地拉著手風琴。可憐的凱迪達特先生只能站在一邊，而克拉拉和海蒂正興致勃勃地聽著悅耳的樂曲。

洛泰亞小姐想走過去制止，但是她的腳突然被什麼東西絆住，低頭一看，竟有一隻模樣噁心的黑色小動物正在她的兩腳之間爬著——那是一隻烏龜！洛泰亞小姐嚇得面色蒼白，跌坐在地。

「塞巴斯！把人和動物統統給我趕出去！快！」洛泰亞小姐喊道。

塞巴斯按照吩咐把男孩帶到大門口，並往他的手裡塞錢，說：「這是你為克拉拉小姐帶路的四十便士，還有你為她演奏的酬勞四十便士。你做得很好！」然後便把他送出門了。

書房裡又恢復寧靜，老師拿起課本繼續上課。洛泰亞小姐也坐在房間裡，她想：自己在場，總不會一再發生意想不到的事了吧！可是，這時又響起了敲門聲。接著，塞巴斯拿了一個大籃子進來，說是有人要把它交給克拉拉小姐。

「給我的？」克拉拉驚訝地看著籃子，急著想知道裡面裝著什麼。「是什麼東西？快拿來讓我看看。」

塞巴斯把一個蓋著蓋子的籃子拿了進來，隨後又走了出去。

「先上完課再看！」洛泰亞小姐說。

於是，克拉拉只好一邊上課，一邊猛盯著籃子，猜想著裡面究竟是什麼東西。

「老師，」克拉拉最終還是忍不住央求道：「我想知道籃子裡裝了什麼。我就看一眼，然後馬上繼續聽課，可以嗎？」

「從某些方面來說是可以的，但從課堂秩序方面考慮又好像不行。」老師回答她。「要是你的注意力都集中在籃子上的話……」

看來老師又要開始嘮叨了。沒想到籃子沒蓋緊，突然從裡面跳出了五、六隻小貓，整個房間立刻成了小貓的遊樂場。克拉拉和海蒂都開心極了，海蒂還追著小貓從書房一個角落跑到另一個角落；凱迪達特先生尷尬地站在桌旁，無可奈何地一會兒抬起左腳，一會兒抬起右腳，避免踩到那些小貓；洛泰亞小姐則嚇得癱坐在椅子上，說不出話來。最後，僕人們被叫喚，把小貓們抓起來帶走了。

洛泰亞小姐氣得臉色發青，對海蒂大發雷霆地怒斥：「對你這種野丫頭只有一種懲罰有效，那就是把你關到漆黑的地下室，和壁虎、老鼠待在一起，這樣你才會守規矩！」

克拉拉聽到後難過地為海蒂求情：「不行，你不能這麼做！等爸爸回來再說，他會決定該怎麼處置海蒂的。」

「好的，克拉拉，當然可以。」洛泰亞小姐無法反對，只好忍著怒氣同意了。

之後的幾天，海蒂非常守規矩，沒再惹出什麼麻煩。而且克拉拉越來越喜歡她的作伴，上課也不再乏味。為了幫海蒂記住字母，老師就把字母形狀比作犄角什麼的，海蒂聽了高興地大叫：「那是山羊！」「那是老鷹！」

到傍晚的時候，海蒂就坐在克拉拉身旁，一遍又一遍地告訴她有關高山牧場的趣事，以及自己在那裡的生活。每次講完，想家的海蒂總是堅決地說：「哎，我該回去了！明天就得走！」每次她這樣說，克拉拉都安慰她：「你一定要等到爸爸回來，那時就知道該怎麼辦了。」海蒂聽了，便會馬上改變主意，因為她心裡有著一個美妙的計畫：在這裡每多待一天，早餐和晚餐時就可以再多藏兩個白麵包。

海蒂日日夜夜渴望回到高山牧場去，她想念那裡的花兒、陽光、白雪。終於有一天，海蒂再也忍不住了，她急急忙忙地把麵包放到紅色大圍巾裡，戴上草帽就往外走。

可是，她剛走到門口，就碰上了恰巧從外面回來的洛泰亞小姐。她看見海蒂的裝扮後不由得大吃一驚，立刻大喊：「我跟你說過多少遍了，不許再一個人亂跑出去！你怎麼又想到外面去，還打扮得像個流浪兒！」

「我不是去當流浪兒，我只是想回高山牧場。」海蒂語帶顫抖地說。

「什麼？你想逃出去嗎？這要是讓賽思曼先生知道可不得了！你對這裡到底有什麼不滿意？你住過這麼漂亮的房子嗎？吃過這麼好的飯菜嗎？你說！」

「沒有。」海蒂回答。

「是吧？」洛泰亞小姐緊接著說：「我看你是過得太幸福了，才會這麼沒規矩！塞巴斯，把她帶上去！」洛泰亞小姐說完，便氣沖沖地進屋了。

想到海蒂準備離家出走時穿的那身衣服後，洛泰亞小姐決心在賽思曼先生回來之前，給海蒂一些克拉拉的舊衣服，讓她別穿得那麼寒酸。經克拉拉同意後，洛泰亞小姐來到海蒂的房間，想看看衣櫃裡有哪些衣服應該扔掉。可是，她竟然從衣櫃的最下層翻出了一堆麵包！她又驚又氣，回到書房大喊道：「海蒂，你這又是做什麼？衣櫃裡怎麼全是乾巴巴的麵包！蒂奈特，快把那些麵包全部扔掉，還有那頂破草帽！」

海蒂邊哭邊懇求：「不行，不行！那頂草帽我要留著！那些麵包是要送給奶奶的！」

「別說那麼多，你就給我站在這裡，那些破玩意我們會處理！」洛泰亞小姐根本不理會她的要求。

小海蒂撲到克拉拉的椅子上，絕望地大哭起來。

「海蒂，別難過。」克拉拉安慰她說：「我向你保證，等你回家的時候，我會讓你帶更多鬆軟的麵包回去給老奶奶。」可是海蒂還是難過地一直啜泣。

直到吃晚餐時，海蒂的眼睛還是紅腫的。而且她一看見桌上的麵包就想哭，但她還是強忍淚水，因為她怕會再度惹惱洛泰亞小姐。晚上睡覺的時候，她發現被子裡放著自己的那頂破草帽，頓時感到又驚又喜。原來，塞巴斯為她留下這頂帽子，這讓她心情好了一些。

事情過後兩三天，賽思曼先生回來了。他迫不及待想見到女兒，所以一進門就快步上樓來到克拉拉的房間，看見兩個孩子正開心地在聊天。他親暱地跟寶貝女兒打過招呼後，也轉向坐在一旁的海蒂，和藹地說：「你就是可愛的海蒂對嗎？你好。你和克拉拉相處得好嗎？有沒有吵架？」

「我們從來沒吵過架，爸爸。」克拉拉趕緊搶著說。

「好，爸爸聽了真高興。」賽思曼先生站起身，又說：「那麼爸爸先去吃點東西，等會兒再拿禮物給你。」

洛泰亞小姐看到賽思曼先生，就像看到救星一樣，她敘述了這段時間海蒂的狀況後，說：「賽思曼先生，我們都被騙了。當初我們要找的是一個文雅懂事的孩子，可是這孩子卻行為怪異、舉止無禮、做事莽撞，一定會對小姐帶來不良的影響。所以，您還是儘快讓她離開比較好。」

賽思曼先生聽了女管家的彙報後，感到有點擔心。這時，家庭教師凱迪達特先生也來了，他對賽思曼先生說：「那孩子的確有一些缺陷，在學習上也沒有起色，但或許是之前沒受過教育的關係。其實，她在其他方面說不定還不錯。」看來，老師並不主張一定要讓海蒂走。

賽思曼先生很難做決定，最後他決定詢問女兒的意見。於是，他走進克拉拉的房間並把海蒂支開後，便開始詢問女兒對海蒂的看法。克拉拉先向爸爸講了烏龜和小貓的事，然後又向他解釋了麵包的事。當賽思曼先生聽完，問她是否希望把海蒂送回家時，克拉拉急了。

「不要，爸爸，別把她送回去！」克拉拉請求道：「自從海蒂來了之後，每天都會發生一些有趣的事，我的生活變得不再乏味，而且小海蒂還會跟我說各種故事呢！」賽思曼先生聽了女兒的看法後，微笑著點了點頭。

這天晚上，賽思曼先生和洛泰亞小姐商量家務瑣事時，他吩咐洛泰亞小姐繼續把海蒂留在家裡，因為他認為這個孩子沒什麼問題，而且女兒喜歡與海蒂待在一起，這是最重要的。

「所以，我希望以後，」賽思曼先生用不容置疑的口氣加上一句：「你們能好好對待那個孩子，如果她做出什麼奇怪的事情，也不要馬上斷定她是在搗亂。要是你一個人管不了這個孩子，我已經為你找來一個好幫手。不久，我母親會到這裡來住上很長一段時間。你知道，她是一個很容易相處的人。」

「是的，賽思曼先生。」儘管洛泰亞小姐這麼回答，可是她的臉上卻沒有一點高興的表情。

賽思曼先生這次在家只停留兩周，就又到外地出差了。

幾天後，老夫人乘坐的馬車就到了，僕人們都急忙跑下樓迎接。海蒂被下令坐在自己的房間裡等候，因為老夫人會希望先和孫女敘舊獨處一會兒。不久後，女僕才來帶她到書房去見賽思曼老夫人。

賽思曼老夫人滿頭蒼白，戴著一頂帽子，還箍著一條扣著細褶子的漂亮絲帶。

海蒂一下子就喜歡上親切的老夫人，賽思曼老夫人也很喜歡海蒂，還允許她直接稱呼自己為「賽思曼奶奶」，不必稱呼「老夫人」。

稍後，洛泰亞小姐來找賽思曼夫人，急不可待地向她說起海蒂的狀況：「老夫人，這孩子常有古怪的念頭，做事不用大腦，現在連字母都記不住……」

「噢？那倒是奇怪。你去請那孩子過來，我跟她聊聊。」

海蒂來到房間，老夫人拉起她的手，問：「來，跟奶奶說說，你喜歡上課嗎？你都學會了些什麼？」

「什麼也沒學會。」海蒂嘆了口氣說：「而且我知道自己不可能學會。」

「為什麼不可能學會？」

「閱讀真是太難了。」海蒂委屈地說。

「是誰告訴你閱讀很困難的？」賽思曼奶奶覺得有些不可思議。

「我的朋友彼得，他說上學很難，他總是什麼也記不住。」

「哎，彼得真是個奇怪的孩子。小海蒂，你不能只聽別人怎麼說，應該要自己嘗試。或許是你上課的時候心不在焉，沒有好好聽老師講課吧？」

「我認真聽了，但根本沒用。」海蒂無可奈何地說。

「海蒂，你聽好了，只要相信我的話，你馬上就能學會閱讀。」說完，賽思曼奶奶打開一本書，指著上面的圖片說：「你看見這些牧羊人和動物了嗎？只要你學會我馬上把這本書送給你。到時候，你就可以讀懂這上面的故事了，就像講給你聽一樣。例如，放羊和那些羊怎麼了？他們發生了什麼事。你應該很想知道，對嗎？」

「要是真的能讀懂就太好了！」海蒂的眼裡閃閃發光。這還是第一次有人告訴她閱讀的樂趣，她聽了躍躍欲試，下定決心要好好學習。

大約過了一個星期，凱迪達特先生突然來見賽思曼夫人。「太不可思議了。」凱迪達特先生說道：「以前我對這個孩子費盡心思，她卻連字母都學不會，於是我也不抱任何希望了。可是，現在那孩子就像是一夜之間掌握了閱讀方法似的，居然已經能夠準確又快速地閱讀句子！」

「這世界上有各種不可思議的事，」賽思曼老夫人微笑地說，「大概是因為她瞭解了閱讀的趣味！今後他會更出色的。」

漸漸地，閱讀讓海蒂開拓了視野，她充滿驚喜與熱情地看著這個新世界，並深深為之著迷。以前那些令她感到頭痛的字母現在都變成了活靈活現的人和事，並交織成扣人心弦的美妙故事。

慈祥的賽思曼奶奶看海蒂已愛上書香世界，便送了好多本故事書給她。現在，海蒂每天從早到晚，睡覺了也捨不得放下那些書，趴在書上看各種五顏六色的美麗圖畫，一遍又一遍地閱讀。每次，賽思曼奶奶說：「來，小海蒂，你來讀故事給我們聽聽。」海蒂就十分興奮，因為現在朗讀故事已經難不倒她。

海蒂最喜歡的其中一本書裡，一幅有著綠油油的牧場和快樂牧羊人的那幅圖畫，畫中的牧羊人總是愉快地扛著那根長長的羊鞭，跟在快樂的羊群後面悠閒地漫步，讓她想起了爺爺的高山牧場以及彼得。

可是，海蒂漸漸明白，自己並不能像黛特阿姨說的那樣，想回家就可以回家，也許還會一輩子住在這裡。她的心情愈來愈沉重，經常吃不下飯，臉色一天比一天蒼白，晚上也總是輾轉難眠。每當她獨自一個人的時候，眼前就會立刻浮現爺爺的臉龐和山上燦爛的陽光、花兒……

細心的賽思曼奶奶當然發現海蒂變得無精打采，而且鬱鬱寡歡，甚至發現她早上起床時臉上有哭過的痕跡。於是，她把海蒂帶到自己的房間裡，和藹地問道：

「小海蒂，快跟奶奶說說，你怎麼了？你有什麼煩惱嗎？」

海蒂不願意說出自己的煩惱，如果疼愛她的賽思曼奶奶知道自己想回家的話，可能會覺得她忘恩負義而討厭她。「要是心裡難過，又誰都不能說，那就告訴天上的神靈吧！你的心裡會好過多了。」睿智的老奶奶說。海蒂決定就這麼做。

不知不覺，日子飛一般的過去。賽思曼奶奶離開了。她的離去，就像是把一切也都帶走了，屋裡顯得空蕩蕩。

隔天上完課，海蒂捧著書，為克拉拉朗讀一個新的故事，當她讀到一位老奶奶過逝的段落時，突然大喊一聲：「天哪，奶奶死了！」然後悲痛萬分地大哭起來。她突然想到自己離家這麼久，彼得家的老奶奶也許已經去世了，可能連爺爺也一樣，不禁悲從中來。

洛泰亞小姐聽到海蒂的哭聲，嚴厲地訓斥了她一頓，還威脅要沒收那些書。海蒂當然不願意，只好強迫自己忍住難過。

就這樣，秋天過去了，一轉眼又送走了冬天，海蒂愈來愈想家了。

第七章　歷經波折回到高山牧場

最近，賽思曼家發生了一件古怪又恐怖的事情。每天早上，當僕人們起床下樓時，總會發現大門總是敞開著，可是怎麼找也找不到誰打開過門。起初，大家都以為是家裡被盜賊光顧了，便立刻仔細檢查屋裡的每個房間及每個角落，可是東西一件也沒有少。

於是，到了晚上，僕人不僅在大門上加裝兩道門閂，還特意用一根木棍頂住大門。但即使這樣，還是無濟於事。第二天早上起來一看，大門又是敞開的！這件事情不斷地發生，鬧得人心惶惶的。

在洛泰亞小姐三番五次的請求下，塞巴斯和馬車夫約翰決定在大廳隔壁的房間裡過上一夜，看看到底是誰在裝神弄鬼。他們還找出了賽思曼先生的各種武器，並帶了一瓶酒，想藉此壯膽。

當天晚上，他們一邊喝酒聊天，一邊注意著外面的動靜。剛開始兩人還聊得很起勁，但沒一會兒，他們就靠在椅背上打起了瞌睡。直到對面塔樓的大鐘敲響十二

點的鐘聲時，塞巴斯才重新打起精神，他想叫醒約翰，可是約翰卻依然酣睡如泥。塞巴斯無可奈何，只好一個人豎起耳朵，仔細聆聽周圍的動靜。四周一片寂靜，就連馬路上也是萬籟俱寂，沒有任何聲響。

午夜一點的鐘聲響起時，約翰才總算睜開眼睛，他突然想起了今晚的任務，於是立刻站起來對塞巴斯喊道：「快，我們必須出去看看情況到底怎麼樣了！」

約翰輕輕地推開虛掩的房門，走了出去。這時，外面敞開的大門突然吹進一股刺骨的寒風，把約翰手裡的蠟燭吹熄了。他猛地後退一步，差點把站在他身後的塞巴斯撞倒。他趕緊推著塞巴斯回到房間，用力把門一關，又發瘋似地把門鎖死，然後才掏出火柴點亮蠟燭。塞巴斯因為剛才跟在約翰高大的身子後面，沒有明顯地感覺到寒風吹進來，所以根本不知道發生了什麼事情。直到點上了蠟燭，他才看見約翰臉色蒼白，渾身顫抖。

「到底怎麼了？你看見了什麼？」塞巴斯焦急地問道。

「大門完全敞開著。」約翰氣喘吁吁地說：「樓梯上有一個白色的人影，他就這樣走上樓，然後忽地就不見了。」

塞巴斯一聽，嚇得直冒冷汗，於是兩個人緊緊靠在一起，癱坐在椅子上，一動也不敢動。天亮後，兩人趕緊把夜裡發生的一切詳實地向洛泰亞小姐描述了一遍。

洛泰亞小姐覺得事態嚴重，立刻著手寫信給賽思曼先生，請他立即回家，因為家裡發生了可怕的幽靈事件。但是賽思曼先生回信，說他必須等手頭上的事情處理完才能回來。

克拉拉也聽說了幽靈的事，嚇得每晚不敢自己一個人睡。洛泰亞小姐於是又給賽思曼先生寫了一封信，信中強調：小姐身體虛弱，家裡這種可怕的情形繼續下去的話，不知道會引起什麼後果，實在令人擔心。

幾天後，賽思曼先生終於趕回來了。他並沒有像女管家那麼緊張，而是先詢問過僕人們，確認不是他們的惡作劇後，才請人去把他的老朋友克拉森醫生請來，協助調查幽靈的事。

當晚孩子們都已就寢，洛泰亞小姐也回到自己房間。九點整，克拉森醫生來了，他頭髮灰白，但氣色很好，是個精神飽滿、目光和善的醫生。

醫生對於賽思曼先生家裡出現幽靈這件事，感到非常不可思議。但是看賽思曼先生這麼慎重，他們便一起分析。兩人認為可能是哪個僕人趁主人不在家時裝神弄鬼。如果真是這樣，那就對空鳴槍嚇嚇他。或者，說不定是哪個小偷潛入，讓大家以為屋裡有幽靈，他下手時就容易了。這樣的話，手槍也會有用。

想好對策後，兩人走進那晚約翰和塞巴斯守夜的房間，桌上擺著幾瓶上等的葡萄酒，賽思曼先生覺得可以用來聊天提神也不錯。桌上還放著兩把手槍，中間則擺放著兩個出形燭臺，發出了耀眼的光芒，即便是賽思曼先生，也不喜歡在昏暗的房間裡等待幽靈出現。

他們把房門打開一個細縫，以免燭光照到走廊上嚇跑幽靈。然後，這兩個人就一派從容地坐在沙發椅上閒談，偶爾喝口葡萄酒。不知不覺就到了十二點。

「幽靈可能聽到我們在這裡等他，今天就不打算來了吧。」醫生說。

「不，再多等一下，聽說一點鐘的時候就會出現了。」賽思曼先生回答。

一點的鐘聲響了，四周仍然鴉雀無聲，外面的街道上也萬籟俱寂。這時，醫生突然伸出手指：「噓，賽思曼，你有沒有聽到什麼？」兩人豎起耳朵仔細聆聽，發現大門傳來了很輕微卻清晰的聲音。門閂被拉開，門鎖轉了兩圈，然後大門被打開。於是賽思曼先生抓起手槍，拿著燭臺跟著克拉森醫生一起悄悄來到走廊。

大門敞開，皎潔的月光照射進來，門檻上站著一個白色的人影，一動也不動。

「是誰？」醫生大喊。兩人拿著燭臺和手槍朝人影走近。白色人影緩緩轉過身來，並發出一聲低嗚。仔細一看，竟然是海蒂！身穿白色睡衣、光著腳站在那裡的她迷茫地望著他們，渾身上下像被風吹著的樹葉一樣瑟瑟發抖。

賽思曼先生和醫生兩人大吃一驚，彼此對視了一眼。

「孩子，你怎麼了？」賽思曼問她：「為什麼下樓來呢？」

海蒂嚇得臉色發白，她用幾乎聽不見的聲音回答說：「我也不知道。」

克拉森醫生似乎明白了什麼，便建議道：「賽思曼，我想我大概知道這孩子怎麼了。你先回到房裡坐一下，我來問她幾個問題。」

克拉森醫生說完後，就把手槍放在地板上，然後像父親一樣牽起海蒂的手一起上樓。「孩子，別怕，別怕。」醫生一邊上樓，一邊溫柔地安慰海蒂。

一走進海蒂的房間，克拉森醫生就把海蒂抱到床上，並為她蓋好被子，然後坐到旁邊的椅子上。等海蒂不再發抖，克拉森醫生拉起她的手，溫和地對她說：「好點了嗎？現在沒事了。可以告訴我，你究竟想去哪裡嗎？」

「哪裡也不想去。」海蒂肯定地說：「不是我自己要下樓的，但不知道為什麼我就在樓下了。」

「是嗎？那你做夢了嗎？在夢裡有沒有清楚地聽到或者看到什麼？」

「嗯，我每天晚上都做著同樣的夢，我夢到自己回到爺爺身邊，還聽到屋外的冷杉樹在嘩嘩作響，我想，天上的星星一定在一閃一閃地眨眼睛，所以就急忙跑去打開小屋的門。抬頭一看，天上的景色真是美極了！可是每當我醒來，卻發現自己還是在法蘭克福！」說到這裡，海蒂努力把湧上喉嚨令人難受的東西嚥下去。

「原來是這樣，那你有沒有覺得身體哪裡疼？譬如頭呀、背呀疼不疼？」醫生關心地問。

「我哪裡都不疼，只是總覺得胸口好像壓了一塊大石頭。」

「噢，是不是好像吃下去的東西要吐出來似的？」

「不，不是，是想痛快地大哭一場那樣。」

「是嗎？那你就盡情地哭出來吧。」

「不，我不能哭，洛泰亞小姐不許我哭。」

「這就難怪了！那你以前和爺爺住在哪裡呢？」

「我們住在高山牧場上。」

「是嗎？那裡是不是沒什麼特別好玩的東西？應該很乏味吧？」

「噢，不，那裡非常好玩，真是有趣極了！」海蒂再也說不下去了。對故鄉的回憶、剛才的激動，和長時間隱忍的情緒摻雜在一起，使海蒂再也按捺不住，淚水潸然落下。最後，忍不住號啕大哭起來。

醫生站起身，輕輕摸了摸海蒂的頭，說：「就這樣好好地哭一會兒吧！這會讓你感覺好過一些的，哭完之後就繼續睡吧。到了明天，一切都會好起來的。」

說完，克拉森醫生走出了房間。

他走下樓，回到剛才守夜的房間，在賽思曼先生的對面坐下來，然後向著急的賽思曼先生做了詳細的說明。

「賽思曼先生，這個孩子面臨兩個棘手的問題。第一，她得了夢遊症。她自己毫無意識，每天晚上像幽靈一樣打開大門，所以才會讓你的那些僕人擔驚受怕。第二，這個孩子患了嚴重的思鄉病，已經到寢食難安的地步，必須馬上想辦法才行！對於這兩種病症只有一種治療方法，那就是，立刻把她送回故鄉，讓她沐浴在山上清新的空氣裡。因此我開的處方是，明天就讓她回家吧！」

　　賽思曼先生聽完後激動地站起身來，在房裡走來走去。突然，他說道：「醫生，你是說，這個小孩子來到我家時還是活蹦亂跳、健健康康的，現在卻變得病懨懨的？而且，你建議我把生病的孩子送回她爺爺那裡？不行，醫生，我絕對不會這樣做。你要盡力把她的病治好，讓她恢復健康。然後，如果她想回家，我就送她回家去，只是在這之前，請你一定要把她治好！」

　　「賽思曼先生，」醫生用嚴肅的口吻說：「這根本不是用藥粉和藥丸就能治好的病，那孩子的體質本來就不太好，如果不立刻這樣做的話，可能回到爺爺身邊時已經病入膏肓，或者甚至根本就回不去了。你覺得那樣比較好嗎？」

　　醫生的話讓賽思曼先生愣住了，過了一會兒，他才說：「是嗎？既然您這麼說，我也別無選擇。就照你說的做吧。」

　　做出決定後，賽思曼先生立刻上樓，把洛泰亞小姐和所有僕人叫醒，並要他們立刻聚集到餐廳。大家在半夢半醒間，還以為賽思曼先生被幽靈抓住在向他們求救，於是一個個提心吊膽地走了出來。

　　然而出乎意料的，賽思曼先生看起來好好的，正心急如焚地在餐廳裡來回踱步，一點都不像是被幽靈嚇壞了的樣子。

等眾人到齊後，賽思曼先生開始發號施令，他命令約翰立刻去準備好馬車；又讓蒂奈特去叫醒海蒂，讓她準備啟程回家；塞巴斯則被指派馬上趕到海蒂的阿姨工作的地方把她帶過來。他還讓洛泰亞小姐馬上去準備一個皮箱，把海蒂所有的東西裝進去，並拿幾件克拉拉的衣服送她。

雖然大家一時還不明白究竟發生什麼事，但都訓練有素地立刻按主人的吩咐執行。

接著，賽思曼先生走進女兒的房間，把剛才抓幽靈的經過都告訴了她。接著又說，根據醫生的判斷，海蒂患有夢遊症和思鄉病，若繼續下去，會越走越遠，說不定會爬上屋頂去，那可能就會有生命危險。所以，他決定現在就把海蒂送回家去，而克拉拉也必須適應這種情況。

克拉拉聽了既吃驚又難過，但她也無計可施，因為父親心意已決，不會改變了。不過，賽思曼先生答應克拉拉，要是她聽話、懂事，明年夏天就帶她去瑞士旅行。克拉拉只能無可奈何地點頭答應，不過她要求把海蒂的皮箱拿到自己的房間裡，讓她能夠替海蒂打點行李，這樣，她至少可以把海蒂喜歡的一些東西全都放進去，讓海蒂帶回去。

過了一會兒，姨媽緊張地跑來了。她以為海蒂發生了什麼意外，一聽到賽思曼先生要她儘快把女孩帶回老家時，她非常失望地說：「對不起，我今天沒時間送海蒂回家。明天更不行。就是以後恐怕也沒有時間。」

賽思曼先生看穿了黛特的心思，便讓她回去了。然後，他叫來塞巴斯，讓他做好準備立刻出發，平安地把海蒂送回故鄉去。同時，賽思曼先生寫了一封信，要塞巴斯轉交給海蒂的爺爺，他在信上詳細說明了海蒂的狀況並向爺爺致歉。

海蒂被帶到了大廳。看見賽思曼先生，她先是向他問好：「早安，先生。」接著滿臉疑惑地抬頭望著他，問道：「請問怎麼了？」

「看來你還什麼都不知道吧！」賽思曼先生笑著說：「今天你要回家了，待會兒馬上就出發。」

「回家？」海蒂喃喃說道。她的臉色蒼白，幾乎快喘不過氣。

「怎麼，你不樂意嗎？」賽思曼先生微笑著問。

「樂意，我太高興了！」海蒂朗聲回答。她的臉瞬間變得紅潤。

「好，那就好。」賽思曼先生帶海蒂到餐廳坐下來，鼓勵她說：「現在多吃點早餐，吃完馬上坐馬車出發！」海蒂非常聽話，努力想多吃一點，卻一口也嚥不下。

她太激動了，這件事發生得太突然，讓她不知道這是真的還是在做夢。她想：該不會一睜開眼，又穿著睡衣站在大門口吧？

「讓塞巴斯多帶些乾糧。」賽思曼先生對女管家說：「看來這孩子怎麼也吃不下。」

賽思曼先生讓海蒂先到克拉拉的房間，等馬車準備好了再下樓。海蒂一進去，便看見房間中央放著一個敞開的大皮箱。

「快來，海蒂，快來！」克拉拉喊道。「你看，我想把這些放進去，怎麼樣，喜歡嗎？」說著，克拉拉便開始細數她送給海蒂的那些禮物，有衣服、圍裙、手帕等等。

「還有這個，你看。」克拉拉邊說邊興奮地把一個籃子高高地舉起來，海蒂一看，高興得手舞足蹈。原來，那裡面裝著十幾個新鮮的、白白的圓麵包，是克拉拉要送給彼得奶奶的禮物。

收拾好行李後，海蒂跑回自己的房間，把賽思曼

老夫人送給她的故事書和自己的那條舊紅色圍巾都放到籃子上，然後戴上克拉拉送的漂亮帽子下樓，她依依不捨地和所有人道別後離開了賽思曼家。

塞巴斯帶著海蒂搭乘馬車，又轉乘火車，馬不停蹄地趕路。當他聽賽思曼先生說完幽靈事件的始末後就更心疼海蒂了，希望能盡早送她回家。海蒂始終一動也不動地把裝著麵包的籃子抱在自己膝上，一刻也不願意鬆手，在幾個小時的車程中，她沒有說任何話。她心裡太激動了，她很快就要回到爺爺那裡，回到高山牧場上，見到彼得和奶奶了。可是故鄉的一切又會變成什麼樣子呢？

馬上就要到家了，海蒂心中的忐忑和期待隨著時間流逝而變得愈來愈強烈。終於，火車到站了！海蒂從座位上跳起來，迫不及待地下了火車。

塞巴斯不知道往多弗雷村怎麼走，所幸他遇到了一位駕著馬車的麵包師傅，表示他認識奧西姆大叔，答應會把海蒂載到村子然後送到高山牧場。

於是，塞巴斯把海蒂叫到身邊，把一個沉甸甸的包裹和賽思曼先生給爺爺的信交給海蒂，並囑咐她：「這個包裹是賽思曼先生送的，信是他寫給爺爺的，你一定要放到籃子的最下面，千萬不能弄丟。要是你把它弄丟了，賽思曼先生會非常生氣的，知道了嗎？」

「我一定不會弄丟的。」海蒂信心十足地說。塞巴斯鬆了一口氣。麵包師傅和多弗雷村的所有人一樣，都知道海蒂這個孩子曾被帶到奧西姆大叔那裡，然後又被帶到法蘭克福去了。而且，他還認識海蒂的父母親。讓他覺得不可思議的是，這孩子居然又回來了。

到了村子，海蒂從馬車上下來後，把裝禮物的大皮箱暫時寄放在麵包師傅那裡，然後就提著裝麵包的籃子飛奔上山了。她跑得上氣不接下氣，因為她胳膊上提的籃子相當沉重，山路也非常陡峭。但儘管身體疲憊不堪，但現在的海蒂卻一刻也不想耽擱，她的心裡只想著一件事：「老奶奶現在是否還坐在屋子角落裡的紡車旁邊？她會不會在自己離開的這段期間已經去世了呢？」

終於，她看見了坐落在半山腰的那座小屋，海蒂的心「咚咚咚」地跳個不停，她加快速度飛奔過去，一口氣跑到小屋，打開門，看見依然坐在紡車旁的老奶奶。

「是我，奶奶，是我呀！」海蒂一邊喊，一邊高興地撲到奶奶身上。

奶奶驚訝地呆坐在椅子上半晌，然後才伸手撫摸著海蒂那捲曲的頭髮，不停地說：「真的嗎？噢，是的。這是那個孩子的頭髮，這是她的聲音。啊，親愛的上帝啊，您終於讓我再見到海蒂了！」

海蒂興奮地把籃子裡的麵包一個一個拿了出來，一共有十二個，她把它們都放在奶奶的膝蓋上。

「天哪，你給我帶來了好多東西啊！可是，我最高興的還是你終於回來了，小海蒂！」老奶奶那看不見的眼睛裡流出了快樂的淚珠，掉到海蒂的手上。

海蒂也把自己帶來的那頂插著羽毛的帽子送給了彼得的媽媽，然後戴上了自己的舊圍巾和舊帽子。她向彼得的媽媽及奶奶道別後，便把籃子掛在胳膊上，繼續往高山牧場的方向走去，她已經迫不急待想見到爺爺了。

海蒂走在被金色夕陽照射的高山牧場上，突然，紅色的光輝落在她腳邊的小草上，她轉過頭，看到之前跟彼得在山上牧羊時的美景——遠處的山被夕陽照的通紅，遼闊的草原就像一片火海，上面還漂浮著玫瑰色的雲朵。海蒂望著無與倫比的景色，激動的淚水順著臉頰流淌下來。

繼續往上走沒幾步，海蒂就看見了山頂上那高出屋頂的冷杉樹的樹冠，接著又看見了屋頂，然後是整座小屋。最後，她看見爺爺正坐在小屋外的長椅上，而那幾棵老冷杉樹的枝葉在晚風中輕輕地搖曳，發出「嘩啦啦」的響聲。海蒂加快腳步飛奔到爺爺面前，把籃子往地上一放，跳到爺爺身上緊緊地抱住他。她激動得說不出話來，只是不停地呼喚著：「爺爺！爺爺！」

爺爺什麼也沒說，只是不停地用手擦拭淚水。他已經好久沒流過這麼多眼淚了。過了一會兒，爺爺把海蒂的手臂從自己的脖子上拿下來，把小孫女抱到膝上，仔細地端詳著那張他朝思暮想的小臉，激動地說：「小海蒂，你終於回來了！你怎麼變成了這副俗氣的樣子？還有你為什麼會回來，難道是他們把你趕出來了？」

「不是的，爺爺，他們都對我很好，克拉拉、奶奶，還有賽思曼先生都是。只是我太想家，常常吃不下飯，睡不著覺，他們才把我送回來的。您看這裡還有一封賽思曼先生要給您的信呢！」說完，海蒂便跳到地上，從籃子裡拿出信封和包裹交給爺爺。

「這包裹是給你的。」爺爺對海蒂說，然後把包裹放在椅子上。接著，他打開信，看了一會，沒說什麼就把信放進了衣服口袋裡。

「怎麼樣？海蒂，你還想和我一起喝羊奶嗎？」爺爺一邊問，一邊把海蒂牽進小屋。「包裹裡的錢你就自己存起來吧，有了那些錢，你就可以給自己買一張新床，還可以買好幾年的衣服。」爺爺說。

「我用不著，爺爺。」海蒂堅決地說：「床我有了，克拉拉還在皮箱裡塞了好多件衣服送給我，所以我現在什麼都不缺。」說完，海蒂坐到她的高椅子上，捧起她的小碗，滿足地喝著香甜的羊奶。回到家的感覺真是太美好了。

這時，外面傳來了一陣響亮的口哨聲，小海蒂閃電般地衝出小屋，看見一群山羊正又蹦又跳地排著隊從山上下來，而走在羊群中間的正是彼得。當彼得看見海蒂時，驚訝地目瞪口呆，一句話也說不出來，只是愣愣地望著海蒂。

「彼得，午安！」海蒂說著，跑進了羊群裡。

「『天鵝』！『小熊』！你們還記得我嗎？」

山羊們像是認出了海蒂的聲音，紛紛把頭湊過來在海蒂身上磨蹭，高興地「咩咩」叫。海蒂又能和以前的夥伴們相聚，她開心得不得了。

「你又回來了，真好！」發楞的彼得總算清醒過來，「明天，你再跟我一起上山吧！」說完，才依依不捨地帶著羊群下山。

海蒂回到屋裡時，爺爺已經重新為她布置好床了。由於上面的乾草才剛割下來不久，所以散發著一股清香。除此之外，爺爺還在床上整整齊齊地鋪上了一塊乾淨的亞麻床單。海蒂高高興興地鑽進被窩，沒多久便沉沉睡去。她已經整整一年沒有睡得這麼香了。

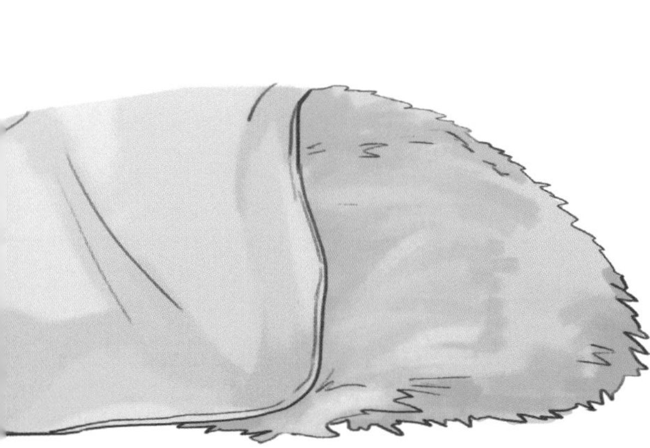

第八章　爺爺的懺悔和轉變

今天是禮拜六，按照爺爺的習慣，他通常會在這一天把屋子裡裡外外都打掃乾淨，把東西重新擺放整齊。但由於今天下午海蒂要去彼得家問奶奶白麵包好不好吃，而自己則要去村裡拿回海蒂寄放在麵包師那裡的皮箱，因此，他特地一大早就起來把事情做完了。

爺孫倆在彼得家的小屋旁分開。海蒂跑進屋裡，奶奶一聽到她的腳步聲就高興地喊：「是你嗎，小海蒂？你真的又來了嗎？」她緊緊握住海蒂的手，好似害怕一鬆手，她又被帶走了。奶奶告訴海蒂那麵包很好吃，吃了之後她覺得自己格外有精神，也更有力氣了。

布吉麗特也在旁邊說，奶奶捨不得一下子就把麵包吃完，所以這幾天只吃了一個。如果她能每天吃一個，肯定會更有精神的。海蒂認真地聽著她的話，思考了一會兒，終於想到了一個好主意。

「奶奶，我知道該怎麼辦了。」海蒂欣喜地說：「我可以寫一封信給克拉拉，

那麼她一定會寄更多的麵包來。以前我在賽思曼家的櫥櫃裡放了好多麵包，後來被他們扔掉的時候，克拉拉就向我保證過會再給我更多的麵包。她一定會說到做到的。」

「哎呀，這倒是個好主意！」布吉麗特說：「不過那樣麵包會變硬的。其實，村裡的麵包師傅也會做這樣的麵包，只是太貴了，有時我連黑麵包都買不起，更何況是這麼美味的白麵包呢！」

這時，小海蒂的臉上忽然露出了開朗的笑容。「噢，我現在有好多錢呢！奶奶，以後您就可以每天吃一個新鮮的麵包，禮拜天還可以吃兩個，只要讓彼得去村裡買回來就行了。」

「那不行，孩子！」奶奶不答應地說：「你的錢不該花在這些東西上。你得把它們交給爺爺才行，他會告訴你該如何使用這些錢。」

然而，海蒂並不想改變這個主意，她一邊手舞足蹈地在屋裡跳來跳去，一邊不停地喊：「奶奶以後每天都能吃到麵包啦！那樣的話，奶奶的身體就會變得更強壯，眼睛也一定能重見光明！」

奶奶什麼話也沒說，因為她實在不願意讓這個快樂的孩子感到掃興。小海蒂蹦著跳著，偶然瞥見一本寫著詩歌的老書。於是，一個新的念頭又冒了出來。

「奶奶，我現在什麼都會唸了。我給你唸唸那本書好嗎？」

「好啊！真的會唸嗎，海蒂？」奶奶又驚又喜。

海蒂爬上椅子才把書拿下來，弄了一頭的灰。也難怪，這本書放在那兒，已經好久沒有人動過了，海蒂把灰撣掉，拿著書坐到奶奶身邊的小板凳上，問奶奶想聽什麼。

「你喜歡什麼就唸什麼，找你喜歡的讀吧，小海蒂。」說完，奶奶把紡車挪到一邊，鄭重地等著她開始唸。

「有首寫太陽的歌，奶奶，我就唸這個吧！」

海蒂開始朗讀了起來。讀著讀著，自己也被文字迷住，聲音越來越充滿感情。

金色的太陽
充滿了歡樂與祥和
受盡了苦難的人們

在這光輝裡
沐浴著燦爛的重生之光
我的頭和身體
曾被痛苦打倒
但是，我們現在重新站起
豁然開朗、心平氣和

奶奶合起雙手，一動不動地坐著。在她臉上，浮現出一種小海蒂從沒有看見過所以無法形容的快樂，雖然她臉上掛著淚珠。

「啊，海蒂！這聽了真讓人舒服，心裡好像明亮多了。你做了一件多麼讓奶奶高興的事呀，海蒂！」奶奶高興得不停地說。

海蒂臉上也充滿了歡喜，一直望著奶奶。她第一次看見奶奶這種表情，不由得挪不開視線了。奶奶平日憂愁的神色一掃而光，眼裡充滿了快樂和感激，直直地望著她這邊，彷彿重新獲得了明亮的雙眼，在注視著天堂。

這時，傳來有人敲窗戶的聲音。海蒂看見爺爺站在外面向她示意：該回家去了。於是，海蒂向奶奶保證她明天還會再來，即使她和彼得一起去高山牧場放羊，也會在半天內就趕回來。對海蒂來說，沒有什麼比讓奶奶重新展露笑容更幸福的事了。

回家的路上，海蒂忍不住把想給奶奶買麵包的事告訴了爺爺。

「但你的床怎麼辦？」爺爺問道，「你還是要有一張合適的床比較好，而且即使買了床，還是能買很多麵包的。」

可是，海蒂極力說服爺爺，說自己在乾草床上比在法蘭克福的軟床上睡得更香。在她不停地懇求下，最後爺爺只好說：「好吧，只要你高興都好，那就用這些錢給奶奶買好多年的麵包吧！」

回到家，海蒂翻出了皮箱裡的那本故事書，熟練地為爺爺讀起那個發生在牧場的故事。以前在克拉拉家的時候，她每天都要讀一遍這個故事，因為從圖上可以看到青青的牧場、可愛的羊群，以及揮著鞭子的牧羊童。

海蒂認真地為爺爺朗讀故事：

「那個年輕人本來在家裡過著幸福的生活，就像書上的插圖一樣，披著漂亮的小斗篷，在父親那座養著可愛的小牛和小羊的牧場上，倚靠著自己的牧羊杖，眺望落日。

「可是有一天，這個年輕人突然想自己當主人，便央求父親分一些財產給他，然後就帶著這些錢財離開了家。可是不久後，那筆錢就被他揮霍一空。年輕人變得一無所有，不得不到一座農場工作。那裡沒有他父親牧場上那些美麗的家畜，只有一些小豬。年輕人被命令去養豬，而且身上穿的是破衣爛衫，更糟的是，他每天只能吃到一點豬吃剩下來的東西。

「年輕人開始明白，從前在家裡自己是多麼的幸福，父親對自己是多麼恩重如山，而自己又是多麼的忘恩負義。他既後悔又想家，不由得痛哭起來。他想：我一定要回到父親身邊，向他道歉，並請求他的原諒。

「最終，年輕人又回到了遙遠的家鄉。父親一看見他的身影，馬上從屋裡跑了出來——爺爺，您猜後來會怎麼樣？」海蒂讀到這裡，停下來問道。

「您大概覺得，他的父親一定非常生氣，甚至不認這個兒子，對嗎？」

「他父親看見兒子的模樣心疼極了。於是他跑到兒子面前，抱著他的頭，親吻他的臉頰。兒子對他說：『父親，我對不起您，已經沒有資格做您的兒子了。』父親卻把僕人叫過來，囑咐道：『你們去拿最華麗的衣服和鞋子來為他穿上，並為他戴上戒指，再準備一桌美味的料理，我要為我的兒子洗塵。他曾經一度死去，如今又重獲新生了。』於是，大家開始快樂地慶祝起來。這真是一個溫馨的故事對嗎，爺爺？」海蒂問道。她本來以為爺爺會非常高興和驚訝，可是，爺爺卻一語不發地坐在那裡。

「是啊，海蒂，這真是個好故事。」爺爺過了一會兒才說，但是他的臉看起來仍然非常嚴肅。海蒂不明白為什麼爺爺聽了這個故事會變得如此沉默，於是，她推到爺爺面前說：「你看，他多高興。」

到了夜裡，當海蒂熟睡的時候，爺爺走上了閣樓。他把一盞小油燈放在海蒂的床邊，燈光照在熟睡的孩子身上。爺爺看著她那粉嫩的小臉上帶著安寧，不禁被深深地打動了。他在那裡站了很久很久，一動也不動地凝視著熟睡的孩子。

最後，他雙手合十，低下頭小聲說：「父親，我曾違逆了您和上帝，已經失去做您兒子的資格了。」說著，大滴大滴的淚從他的臉頰上不斷流下。

天亮後，奧西姆大叔站在自己的小屋前，眺望著

遠方。禮拜天的朝陽照亮了群山和谷地，山下的村莊傳來清晨的鐘聲，山上的小鳥在冷杉樹的枝葉間快樂地為黎明歡唱。

「起來吧，海蒂！」他往閣樓喊道：「太陽公公出來了！快穿上你那件漂亮的衣服，我們一起去教堂！」

海蒂還是第一次聽到爺爺說要去教堂。不一會兒，她就穿上從法蘭克福帶回來的漂亮衣服，興奮地從閣樓走下來。可是，當她跑到爺爺面前時，不禁愣住了。

「噢，爺爺，我還從沒看過您穿成這樣呢！」海蒂呆了半天才說：「您從來沒有穿過這件有銀釦子的上衣。啊，您穿上這套漂亮的禮服真好看！」

爺爺笑眯眯地看著她說：「你也一樣漂亮！好，我們走吧！」說完，爺爺便拉著海蒂的手，一起往山下走去。

響亮的鐘聲從教堂傳來，非常的優美動聽。山下多弗雷村的居民都已經聚集在教堂裡吟唱聖歌了。這時，爺爺帶著海蒂走了進去，坐在最後一排的椅子上。坐在他們隔壁的男人一看見爺孫倆，便戳了戳他隔壁的人說：「看啊，奧西姆大叔來了！」然後那個人又接著告訴他身旁的人，就這樣一傳十，十傳百，最後，教堂裡的所有人都知道奧西姆大叔上教堂了。

做完禮拜，爺爺牽著海蒂的手走出教堂，朝牧師家走去。村民們都帶著一副不可置信的表情，望著他們離去的背影。大家聚在一起，激動地談論著這件前所未聞的事。他們緊張地望著牧師家大門，猜測奧西姆大叔出來時會是什麼樣子：是和牧師爭吵著走出來呢？還是和牧師融洽地交談著走出來呢？所有人都不知道奧西姆大叔為什麼下山來了，也不知道他到底想做什麼。

不過，看到奧西姆大叔上教堂後，很多人已經改變對他的看法了。有人說：「其實，奧西姆大叔並不像傳言中那麼可怕嘛！看他牽孩子的樣子多麼溫柔呀！」

也有人說：「他如果真的是個本性惡劣的人，今天就不可能到教堂和牧師那裡去了。其實，謠言太誇張了，太壞了。」

這時，麵包師傅也開口了：「對呀，要是奧西姆大叔真的那麼凶狠、可怕，小孩子肯定會怕他的。若是那樣，小海蒂又怎麼可能放棄在法蘭克福錦衣玉食的生活，從那裡跑回來找奧西姆大叔呢？」

現在，村裡的人對奧西姆大叔產生了好感，大家逐漸聚集在牧師家門前，等著迎接一位許久不見的老朋友。

此刻，爺孫倆來到牧師家，受到熱情的歡迎，奧西姆大叔向牧師道歉說：「請你忘掉上次我在高山牧場上對你說的話。我現在打算按照你的的提議，今年冬天就搬回多弗雷村。您說的對，山上的嚴寒的確會讓孩子受不了。」

牧師的眼睛裡充滿了喜悅的光芒，他緊緊地握住奧西姆大叔的手，感動地說：「老鄰居，我實在太高興了！你們肯定不會後悔重新回來和大夥兒一起生活的。這孩子，我也會幫他找個好朋友的。」說完，他親切地摸了摸海蒂的一頭捲髮，然後拉起她和奧西姆大叔的手一起走出去。

人們一見到他們出來，便一起朝奧西姆大叔跑去，一時之間，數不清的手爭先恐後地從各個方向伸過來，大家都想成為第一個和大叔握手的人。這時，不知是誰朝他高聲喊道：「太好了，太讓人高興了！大叔，您總算又回到我們這裡來了！」另一個人也喊道：「其實，大家早就想和你們說話了，奧西姆大叔。」

這些話從四面八方傳進爺爺的耳朵裡，而他也親切地問候每個人。他還說自己想在今年冬天搬回村裡的老家，再和以前的老朋友們一起生活。

人群裡發出了歡呼聲，那樣子，彷彿奧西姆大叔是村裡的大人物呢！最後，大家一起送大叔和孩子回到山上，離別時每個人都熱情地邀請他們，搬下山後一定要到自己的家裡坐客。

村民下山回去了，爺爺望著村民們的背影，在原地站了很久很久。他的心裡彷佛有一個太陽，把自己照得暖暖的，臉上也露出了如陽光般燦爛的微笑。

海蒂開心地說：「爺爺，您今天看起來特別有精神呢！」

「是嗎？」爺爺微笑了。「是啊！海蒂，我覺得自己比想像中還要高興。能夠和上帝及村民們和睦相處，我的內心感到非常舒坦啊！一定是親愛的上帝賜福給我，把你送到高山牧場上來改變我的吧！真的非常感謝你呢，我的小海蒂！」

第九章　克拉拉站起來了！

五月來了，山上融化的雪水匯集成春天的小溪，流進山谷裡。溫暖燦爛的陽光照射著再次披上綠衣裳的高山牧場，把最後一點殘雪也融化了。盛開的花兒們從嫩綠的小草間露出臉來，冷杉樹也被春風的吹拂而奏起「嘩嘩」的樂聲。嫩綠的枝椏冒出頭，讓每棵樹看起來充滿朝氣。

小海蒂和爺爺在山下度過嚴寒的冬天後，又回到了高山牧場。海蒂在小屋前到處奔跑，左瞧右看，想把四周的美景盡收眼底，她覺得高山牧場的風景怎麼看都美不勝收。突然，她聽見後方的倉庫傳來一陣鋸木頭和敲打的聲音。於是她跑過去查看，發現爺爺正在做一張漂亮的椅子。

「啊，我知道這是拿來做什麼用的！」海蒂興奮地大喊，「是為了之後可能會到訪的克拉拉和奶奶他們準備的吧！不過，您覺得管家洛泰亞小姐也會來嗎？」

「我不知道。」爺爺回答，「但還是多準備一張比較妥當。」

這時，從屋外傳來口哨聲，是彼得帶著山羊回來了。彼得從羊群中走到海蒂

面前，並從口袋裡拿出一封信，是郵差請他轉交給海蒂的。原來，這封信是克拉拉寄來的，她告訴海蒂，自從她離開以後，自己的生活變得枯燥乏味，於是她懇求爸爸同意她今年秋天到高山牧場拜訪海蒂。而且，賽思曼奶奶也會陪同前往。奶奶還說，為了讓彼得家的老奶奶不用再乾吃麵包，她馬上會寄些咖啡過去。

彼得聽完信裡的內容後便走到一旁，粗暴地朝四周揮舞趕羊棒，嚇得山羊們到處亂竄。彼得會突然這麼生氣，是因為他聽到信中最後的署名是「你的好朋友克拉拉敬上」，他一直認為自己才是海蒂最要好的朋友。現在的彼得對於那位即將遠從法蘭克福來的客人產生了敵意。但是，海蒂高興極了，她打算明天就去告訴彼得奶奶這個好消息。

第二天下午，海蒂吃過午餐後就去老奶奶家了。奶奶依舊坐在屋角紡線，只是整個人顯得心事重重。其實，昨天彼得怒氣沖沖地跑回家後，便告訴奶奶有一大群人要從法蘭克福到高山牧場來，也許還會再次帶走海蒂，讓奶奶從昨天晚上就開始擔心，整夜輾轉難眠。

海蒂一進屋，便像往常那樣坐在紡車旁的小板凳上，激動地把信裡的內容全都告訴奶奶。說著說著，海蒂觀察到奶奶的神情凝重，便擔心地問道：「奶奶，您怎麼了？您不為這件好消息感到高興嗎？」

「不，不，海蒂，看到你這麼開心，奶奶就心滿意足了。」說著，奶奶努力擺出一副高興的樣子。

「可是奶奶，您看起來好像不太開心，難道是因為擔心管家洛泰亞小姐也會來嗎？」海蒂一邊問，自己也一邊開始擔心起來。

「不，奶奶沒什麼擔心的事。就算我這輩子再也見不到你，只要你過得幸福，奶奶就放心了。」

「如果見不到奶奶，我是不會覺得幸福的。」海蒂堅決地說。奶奶聽了感到十分欣慰。但她還是擔心從法蘭克福來的人會把海蒂帶回去，因為海蒂的身體已經恢復健康了。不過，她覺得不應該讓海蒂察覺到自己的擔憂，因為海蒂這麼善良，要是知道了她的心事，說不定會鬧著不肯去。

嫩綠的五月過去，迎來了陽光熾熱的六月，高山牧場隨處可見各式各樣的小花，露出燦爛的笑臉，空氣中彌漫著它們散發的芳香。

一天早晨，海蒂做完家事後，爬到了更高一點的山坡上，去看看那一大片百金花有沒有盛開，因為這種小花在陽光的照耀下顯得特別亮麗迷人。突然，她用盡全身的力氣大叫起來，爺爺聽到後連忙從屋子裡走出來。

「爺爺！爺爺！」海蒂拚命地大叫：「您快來！您看！您看！」

爺爺朝海蒂手指的方向望去，看見一列奇怪的隊伍正往高山牧場走來。走在最前面的是兩個抬著轎子的男人，轎子上坐著一個裹著厚重圍巾的小女孩。他們身後跟著一個神情莊嚴的婦人，她騎在馬上，一邊靈活地朝四周張望，一邊跟旁邊的年輕嚮導聊著天。婦人後面跟著另外一個年輕人，抬著一張空輪椅。走在最後面的是一位搬運工，背著一個籃子，裡面裝著厚厚一疊的斗篷、圍巾和毯子，那些東西可比他們高出了一大截。

「她們來了！她們來了！」海蒂叫著，高興得活蹦亂跳。

克拉拉和奶奶，真的來了。隊伍愈走愈近，終於來到海蒂面前。抬轎的人才把轎子放到地上，海蒂就跑上前去，和克拉拉緊緊地擁抱。奶奶也從馬

匹上下來，和出來迎接他們的奧西姆大叔打招呼。他們兩人早就透過海蒂認識了對方，彼此就像相識多年的老朋友一樣，毫不拘束。

互相寒暄之後，奶奶以輕快熱情的口吻說：「大叔，您住的這地方實在是太美了！令人心曠神怡！」

克拉拉正不停地觀望四周，她為山上這美麗的景色著迷。「我從不知道世界上還有這麼迷人、美若仙境的地方！奶奶，我真想永遠待在這裡！」

這時，奧西姆大叔把輪椅推了過來，又從籃子裡拿出幾條圍巾鋪在上面，然後把克拉拉從轎子上抱起來，小心翼翼地放到輪椅上，說：「小姑娘，你還是坐在輪椅上吧，這轎子硬梆梆的。」

克拉拉向奧西姆大叔道謝後，便對海蒂說：「啊，海蒂！要是我能和你一起繞著小屋奔跑，繞著高大的冷杉樹奔跑，那該有多好啊！」

海蒂推著輪椅，帶著克拉拉和奶奶一起來到冷杉樹下。克拉拉從沒見過如此高大挺拔的樹，幾乎垂到地面的粗樹枝上，長滿了繁茂的綠葉。然後，海蒂又努力地把輪椅推到羊圈，推到小山坡，帶克拉拉四處參觀。

爺爺也沒閒著，他趁著這時間已經在小屋前的長椅旁擺好桌子和椅子，擺好桌椅後，爺爺又跑進屋裡準備餐點，沒多久，熱騰騰的飯菜就全上桌了，大家開心地坐在戶外用餐，一邊欣賞風景，一邊吃午餐。

愉快的時間飛逝，不知不覺已近黃昏，奶奶和克拉拉得準備下山了。海蒂趕緊把握時間，拉著克拉拉和賽思曼奶奶參觀自己的閣樓、床鋪以及整間小屋。賽思曼奶奶很欣賞屋裡井井有條的擺設，而克拉拉則對那個看得見星空、聞得到乾草清香、聽得見冷杉樹歌唱的小閣樓更依依不捨，不想離開了。

看克拉拉這麼喜歡閣樓，奧西姆大叔便向賽思曼奶奶大膽建議：「我有個主意。如果您信得過我，就讓克拉拉留在山上住幾個星期吧！也許這裡的空氣對她的健康有好處。我會悉心照顧她的，這點請您放心。」

克拉拉和海蒂一聽，就像兩隻剛剛獲得自由的小鳥一樣歡呼起來，奶奶的臉上也露出了燦爛的笑容，她非常同意爺爺的提議。「噢，大叔，您真是一個了不起的人啊！剛才我心裡就想著：要是讓克拉拉留在這裡，對她的身體肯定有好處。只是她需要人照顧，我怕給您添麻煩，所以不好意思主動開口。真是太感謝您了，大叔，謝謝您！」奶奶緊握著奧西姆大叔的手，大叔的心裡感到一陣溫暖。

送賽思曼奶奶下山後，奧西姆大叔為克拉拉鋪設了一張跟海蒂一樣柔軟的乾草床。克拉拉迫不及待地躺在那張又大又軟的床上，海蒂也湊了過來。克拉拉從敞開的圓形窗戶望見天空的繁星點點，一閃一閃發光，她出神地喊道：「啊，海蒂，我們簡直就像坐在奔馳的馬車，就要飛上浩瀚的蒼穹！」過去，克拉拉幾乎沒有看過星星，因為她從沒有在晚上出去過，而在星星出來之前，房間裡的窗戶總是還沒等星星出來，就早早地就拉上了厚厚的窗簾。現在，她捨不得閉上眼睛，想再多看看美麗的星空。

從這天起海蒂與克拉拉幾乎形影不離，奧西姆大叔細心地照顧著克拉拉，每天早上總是準備了冒著泡沫的雪白羊奶。營養可口的飯菜使人胃口大開，加上充足的睡眠和清新的空氣，讓克拉拉漸漸變得更有活力了。

不過克拉拉有一個小煩惱，那就是她和海蒂打算要做的事情實在太多了，簡直無法決定該先做哪一件。海蒂提議先寫信給奶奶，因為奶奶非常關心克拉拉的健康狀況，所以她在離開前和孩子們約定，希望她們把每天發生的事寫信告訴她。這樣，奶奶就會知道自己什麼時候需要上山來幫忙，而平時也才能安心地待在山下。

寫完信，上午就這樣過去了，孩子們甚至不知道時間是怎麼流逝的。爺爺又端來了兩碗熱騰騰的羊奶。他說，只要天氣晴朗，克拉拉就應該待在外面呼吸新鮮空氣。於是，他們又一起坐在屋外愉快地用餐。

晚上，克拉拉鑽進被窩，本想先看一會兒閃爍的星星，卻和旁邊的海蒂一樣：一躺下，馬上就沉沉地睡著，而且睡得非常香甜。

克拉拉來到高山牧場上已經有三個星期了。爺爺每天早上把克拉拉抱下來放到輪椅上時都要問一句：「你想不想嘗試站起來看看？」

克拉拉也覺得自己的身體變得強壯了，終於有一次答應爺爺的提議，可是，當她的腳一碰到地面時，就馬上大聲喊道：「哎喲，好痛！」但爺爺依然不放棄，仍然每天都讓她試著站立一會兒。

這天，海蒂又坐在大樹下，為克拉拉描述著山上的優美景色，那兒有金光閃閃的岩薔薇、遍地開花的美麗藍色風鈴草以及彌漫整座山頭的迷人清香，讓人一坐下便捨不得離開。說著說著，海蒂的內心突然燃起一股強烈的渴望，於是馬上從地上跳起來，跑進屋裡去找爺爺。

「啊，爺爺！」海蒂大聲地說：「明天我們帶克拉拉到山上好嗎？現在那裡一定美極了！」

「好啊！」爺爺微笑著說。

第二天，嫣紅的太陽冉冉升起，整座山都沐浴在金光燦燦的陽光下，清新的晨風把冷杉樹的枝葉吹得左搖右晃。爺爺把輪椅從棚子裡推出來放在戶外，又進屋去做上山的準備。他們沒有注意到，有一個人這些日子以來一直很不開心，他就是牧羊童彼得。整個夏天，海蒂都沒有和他一起上山，一次也沒有，總是陪著克拉拉，這讓他的內心非常不平衡。此時，他正趕著羊群路過這裡，不知怎麼的，就把自己的怒氣發洩在克拉拉的那張輪椅上。

彼得朝左右看了看，四周靜悄悄的，一個人也沒有。然後，他就像個野蠻人一樣撲向輪椅，抓住它往山崖下狠力一推，只見輪椅骨碌碌滾下山，轉眼就看不見了。彼得連忙飛也似地往山上狂奔，一直跑到山頂的大片樹叢，才停下腳步躲到後面去。他往下一望，看到輪椅還不停地翻滾著，撞到凸起的岩石，高高地向上彈起，然後又落到地上，最終摔得支離破碎。

當爺爺抱著克拉拉和海蒂一起從屋子裡走出來時，發現

輪椅不見了。「怎麼回事？海蒂，你把輪椅推走了嗎？」

「我也正在找呢。爺爺，您不是說放在門口嗎？」海蒂邊說邊四處張望。這時，山上吹來一陣大風，把大門吹得前後搖擺，「碰」地一聲撞到牆上。

「爺爺，應該是風勢太強，把輪椅吹下山了。要是它被吹到多弗雷村的話，我們就得花好長時間才能找回來了。」海蒂說。

「如果真的是被風吹到山下，那肯定已經摔得面目全非。」爺爺說：「只是，我覺得這件事情有點奇怪。」

為了不讓兩個小女孩感到遺憾，他走進小屋拿出摺疊好的毛毯，然後一手摟著毛毯，一手抱著克拉拉，一步步走上山坡。

他們到達山頂時，看到三五成群的羊兒正分散在山坡上吃草，彼得則慵懶地躺在草地中央。爺爺把毛毯鋪在灑滿陽光的草地上讓克拉拉坐下，並把裝著午餐的袋子放在樹蔭底下。他對孩子們叮嚀過注意安全後，便回小屋去了。他想讓孩子們玩得盡興，等傍晚時分再來接她們。

兩個女孩開心極了，她們和不時跑到身旁趴著的山羊打招呼，羊群也漸漸地對克拉拉感到熟悉，不時用頭在她的肩上磨蹭，表達對她的友好和喜愛。不久後，海蒂突然出現了一個念頭，她想到花兒盛開的地方看看它們是否依然那麼美麗。她飛奔到那裡一看，不由得發出一聲喜悅的叫喊。山坡上籠罩著小黃花反射的耀眼金光，還有一簇簇風鈴草仰著藍色的笑臉迎接她，讓海蒂陶醉了。她決定讓克拉拉也來一起欣賞，於是一轉身又跑向山坡。

「來，你也去看看吧！我可以把你背過去！」海蒂遠遠就朝克拉拉喊道。

「不行，海蒂，別說傻話了，你個頭比我還小呢！唉，要是我能走路就好了！」克拉拉沮喪地說。

海蒂四下觀望，發現彼得還躺在剛才的地方，遠遠地望著她們。彼得這樣望著她們已經有幾個小時了。事實上，彼得之所以把克拉拉的輪椅推下山，是因為他認為只要失去輪椅，那個陌生的女孩就哪裡也去不成，說不定就會結束這次的旅程回家去了。想不到，克拉拉不僅沒回去，還和海蒂一起上了山！

海蒂朝彼得大喊：「彼得，過來這裡一下！」

「我不去！」彼得回答。

「不行，你得過來，我一個人背不動克拉拉，需要你幫忙！你要是不馬上過來，我就要給你點顏色瞧瞧了！」海蒂氣沖沖地喊道。

彼得一聽這話，不由得心驚膽顫。聽海蒂的口氣，好像她已經知道自己做的壞事了。要是她把這事告訴奧西姆大叔可怎麼辦？這世上沒有比大叔更可怕的人了！於是，他只好忐忑不安地站起身，朝海蒂跑去。

兩個孩子，吃力地把克拉拉攙扶起來。可是，克拉拉根本不能站立。到底怎麼樣才能穩穩地扶著她向前走呢？海蒂太小了，她的胳膊還支撐不住克拉拉的重量。

「你一手摟住我的脖子，摟緊點。然後你一手抱住彼得的手臂，使勁地往上靠，這樣我們就可以把你抬起來了。」

大家按照海蒂的話去做，可是克拉拉的體重並不輕，所以還是有點寸步難行。

克拉拉試著輪流邁出自己的兩條腿，可是腳一踩地，就立刻又縮回來。

「你再用力點踩下去，」海蒂建議說：「這樣說不定就不會那麼痛了。」

克拉拉半信半疑，不過她還是聽從海蒂的建議，更用力地把一隻腳踩在地上，然後再抬起另一隻腳，穩穩地向前邁出步伐。

「哦，好像真的沒那麼痛了！」克拉拉興奮地說。

「你再試一次！」海蒂激動地說。

克拉拉又試著邁出一步，然後再邁出一步，她突然大喊：「我能走了，海蒂！

我能走了！你看！你看！」

海蒂的歡呼聲比她還響亮：「哦！你真的能走了！要是爺爺在場就好了！克拉拉，你真的能走了！」

克拉拉緊緊地拉住在她身旁的兩人，每一步都比前一步走得更平穩。這一刻，沒有人比克拉拉更幸福了，她沒想到自己竟然也能像其他人一樣自由地走路，再也不用整天痛苦地躺在床上和坐在輪椅上了。最後，三個人終於一起來到了那處百花齊放的地方，克拉拉望著四周的一切，心裡充滿了無窮的快樂。

經過一上午的活動，三個人回到樹下享用爺爺準備的午餐。袋子裡裝了不少食物，包括了彼得的那一份。出乎意料的是，彼得並不像平時那樣狼吞虎嚥。

吃完後沒多久，爺爺就來接她們了。海蒂朝他跑了過去，想搶先告訴他這個大好消息，但是她太激動了，幾乎無法好好用言語表達。不過，爺爺立刻明白了海蒂的意思，臉上露出欣慰的笑容。

「終於成功了是嗎？」爺爺慈祥地對克拉拉說。

然後他扶著克拉拉讓她從地上站起來，並用左手抱住克拉拉的身體，右手攙扶著她的右手，穩穩地將她支撐住。克拉拉比剛才更放心、更大膽、更平穩地往前行走。海蒂跟在旁邊，高興得蹦蹦跳跳。

不過，克拉拉走了幾步後，爺爺便把她一把抱了起來。

「別太累了，今天的練習已經足夠，該好好休息了。」

傍晚，彼得領著羊群下山來到多弗雷村時，看見一大群人正聚在一起議論著什麼，忍不住也擠過去想看個究竟。他看見了！草地上躺著的正是那張破碎的輪椅，紅色的坐墊和閃亮的銅釘顯示著它曾經擁有的精美和豪華。

「如果不是被人故意扔下來的就沒事，這輪椅至少值五百法郎。」站在彼得旁邊的麵包師傅說：「這事要是被法蘭克福的警察先生們知道了，一定會派人來調查，揪出那個兇手。」

彼得悄悄地溜出人群，沒命地往山上飛奔，彷彿後面有人緊追在後似的。那位麵包師傅說的話，讓彼得感到極大的恐慌，他這才知道，法蘭克福的警察隨時都有可能來調查，而且他們一定會查出這件事情是他做的。晚上，他一想到有可能會因為這件事而被抓去關，就擔心得澈夜難眠。

第二天早上，爺爺對兩個孩子說：「給奶奶寫封信，告訴她這件好消息吧！」

不過，孩子們打算要給奶奶一個驚喜。海蒂想讓克拉拉完全能自己走路後，再告訴奶奶。但爺爺認為那差不多需要花一個星期的時間。於是，兩個女孩最後決定先寫信給奶奶，請她一個禮拜後一定要到高山牧場來，但是對於克拉拉能走路這件事卻隻字未提。

克拉拉一天比一天走得更輕鬆，而且走的距離也愈來愈遠。此外，適當的活動也讓克拉拉的胃口變得愈來愈好了。不僅奶油切片麵包一天比一天吃得多，現在，爺爺還經常端來滿滿一大鍋冒著泡沫的羊奶，讓克拉拉一碗接一碗喝到滿足為止。

一周過去，奶奶終於要依約來到高山牧場了。

第十章　高山牧場的幸福聚會

賽思曼奶奶在出發前往高山牧場之前寫了一封信，通知他們自己要來了。這封信，在第二天由彼得帶到了高山牧場。

彼得上山後，看到站在屋外的爺爺，便慢吞吞地把信遞給他，但還沒等爺爺接穩，彼得便慌張地向後轉身就跑，好似後頭跟了隻老虎，一溜煙地衝上山去了。

彼得就這樣一口氣跑到了山頂，才停了下來。他打量一下四周，突然嚇得驚跳了起來，因為在每一片樹林後面，甚至是每一處灌木叢裡，彼得彷彿都看見有法蘭克福的警察鑽出，朝他猛撲過來。他愈想愈害怕，發抖得幾乎要站不穩了。

為了迎接賽思曼奶奶的拜訪，海蒂和爺爺趕緊動手整理屋子，因為奶奶是個很愛乾淨的人。上午的時間不知不覺地過去，奶奶就快抵達了。孩子們已經打扮完畢，她們坐在小屋前的長椅上，激動地等待著即將送給奶奶的那一刻驚喜。

過了一會兒，爺爺從山上採回了一大把深藍色的龍膽草，花束在燦爛的陽光下顯得特別耀眼，讓兩個女孩驚嘆不已。爺爺捧著花走進屋，海蒂則頻頻從椅子上跳

下來翹首期盼奶奶的身影。

終於，他們等待的人出現了。走在最前面的是嚮導，接著是騎在一匹白馬上的賽思曼奶奶，最後是那個背著籃子的搬運工人。一行人愈走愈近，最後來到小屋前，奶奶從馬背上朝孩子們的方向望去。

「天啊！我看見了什麼？小克拉拉，你居然沒有坐在輪椅上！怎麼會這樣呢？」奶奶激動地喊道：「小克拉拉，真的是你嗎？瞧你的小臉蛋變得如此紅潤，身子也長了不少肉，我都快認不出來了！」

奶奶下了馬，正要朝克拉拉跑去，只見海蒂從椅子上站起來，克拉拉靠在她的肩膀上，然後兩個人邁著穩健的步伐，慢慢地朝她走了過來。她頓時驚呆了，完全無法相信眼前所看到的一切。克拉拉竟然挺直身子，在海蒂身旁穩穩地走著，接著又走回長椅旁，粉嫩的小臉上露出了快樂的微笑。

賽思曼奶奶朝她們跑了過去，臉上掛著兩行激動的淚水，笑著緊緊地抱住克拉拉，接著又去抱住海蒂，高興得一句話都說不出來。

忽然，賽思曼奶奶看見爺爺笑著站在長椅旁望著她們。她轉過身來，一把握住爺爺的雙手說：「親愛的奧西姆大叔，我應該怎麼感謝您才好呢？這全是您的功勞！多虧了您的悉心照顧和調理……」

「還有上帝賜予我們的陽光和高山牧場的空氣。」爺爺微笑著補了一句話。

「對，還有『天鵝』那香濃又富有營養的羊奶呢！」克拉拉補充道：「奶奶，您知道我喝了多少碗羊奶嗎？真是太美味了啊！」

「是啊，這我可以從你胖嘟嘟的臉蛋上看出來，小克拉拉。」賽思曼奶奶大笑著說：「我根本沒有想到你會長胖，長高，還能變得更健康了。我得趕緊發一封電報給你爸爸，讓他馬上趕過來。但我不打算透露這個秘密，因為這將會是他一生中最大的驚喜與快樂！親愛的奧西姆大叔，我要如何才能立刻發電報呢？」奶奶堅持要立刻發電報給自己的兒子，因為她不想對他隱瞞這種幸福，哪怕是一天也不行。

「可以叫牧羊童彼得下山跑一趟，」爺爺回答說：「他的腳程挺快的。」

於是他把手指放到嘴上，吹起響亮的口哨，呼喚彼得。彼得嚇得臉色蒼白，以為奧西姆大叔是要把他送進警察局。然而，大叔卻只是交給他一張紙條，要他馬上送到多弗雷村的郵局。彼得鬆了一口氣，手裡拿著那張紙條，就飛快地跑下山了。

在另一頭，賽思曼先生已經處理完手邊的工作，所以他也打算給大家一個意外的驚喜。他事先並沒有寫信知會自己的母親，就在一個陽光明媚的夏日早晨，搭上火車，前往瑞士探望女兒了。他非常期待見到朝思暮想的寶貝女兒，因為他已經與她分別了一整個夏天。

當他聽說自己的母親也在今天出發去高山牧場時，覺得一切似乎是命中注定。他立即直奔多弗雷村。賽思曼先生不知道上山的路，剛好在半路上遇見下山發電報的彼得，於是他問彼得：

「嘿，年輕人，請你告訴我，從這條路上去，是不是能夠找到一座小屋？那裡住著一位老爺爺和一個名叫海蒂的小女孩，還有從法蘭克福來的訪客們。」

彼得一聽，頓時方寸大亂，以為法蘭克福的警察真的要來逮捕自己了！他胡亂地應了一聲後，便轉身往山下飛奔。慌亂中，突然一個踉蹌，滾下了斜坡，幾乎像那張輪椅一樣不停地滾啊滾，但幸運的是，彼得沒有摔得粉身碎骨；只是那張電報變成了幾張碎片，隨風飄走了。

「山裡的居民這麼怕生啊！」賽思曼先生自言自語道。

彼得現在最希望的是趕緊跑回家，鑽進被窩裡，不讓任何人找到自己。但是，他的羊群還在山頂上，而且奧西姆大叔還再三囑咐他，發完電報要馬上趕回去，不能讓羊群獨自在山上待太久。於是，他只好唉聲嘆氣、一瘸一拐地朝山頂走去。

賽思曼先生又走了一陣子後，終於看到了那座小屋的屋頂，屋頂旁還有幾棵冷杉樹的茂密樹冠正在隨風搖曳。他不由得精神為之一振，興奮地登上最後一道斜坡。他想：馬上就可以給寶貝女兒一個驚喜了。只是，聚在小屋前的那一群人早就發現他，克拉拉甚至已經準備好要給父親一個大驚喜呢！

當賽思曼先生終於快走到小屋時，有兩個人影緩緩朝他走來。他看見一個高個子的金髮女孩，靠在小個子的海蒂身上，她有著一張紅潤的臉蛋，漂亮的藍眼睛裡閃爍著快樂的光芒。賽思曼先生看得目瞪口呆，他呆呆地站在原地，目不轉睛地望著走過來的兩個女孩，簡直不知道自己現在是清醒的，還是在做夢。

「爸爸，您已經認不出我了嗎？」克拉拉笑容滿面地對他喊道，「我的變化有那麼大嗎？」

賽思曼先生朝女兒跑過去，雙臂緊緊地抱住她。「是你嗎？小克拉拉，真的是你嗎？」賽思曼先生激動地大喊，他仔細地瞧了瞧眼前的女孩，想確定站在自己面前的真的是自己的女兒。

這時，賽思曼奶奶也走了過來，她迫不及待地想看看兒子那張幸福洋溢的臉。「親愛的兒子啊，你帶給我們的驚喜確實不錯。但是我們大家精心為你設計的驚喜是不是更棒啊？」她接著說：「走，現在和我一起過去，向奧西姆大叔問好和道謝吧！他可是我們的大恩人呢！」

賽思曼奶奶把自己的兒子帶到奧西姆大叔面前，兩個男人真誠地緊握著手，賽思曼先生由衷地向爺爺表達自己的感激之意，並直呼這種奇蹟的發生簡直令人難以置信。

這時，冷杉樹後面傳來輕微的「沙沙」聲，原來是彼得好不容易走上山了。他其實早就到了，但是當他看見小屋前面站著的那些人，嚇得繞了一大圈，想悄悄地從冷杉樹的後面溜上山頂去。

可是，計畫失敗，賽思曼奶奶已經看見了他。「過來，孩子！」她把頭探到樹叢裡，高聲地叫著。她猜，這肯定是海蒂和克拉拉在信中多次提到的牧羊童彼得。

完蛋了！彼得臉色蒼白、戰戰兢兢地從冷杉樹後面走出來，兩個膝蓋顫抖得非常厲害，幾乎要站不住了。

「我親愛的奧西姆大叔，這個可憐的男孩是怎麼了嗎？」奶奶關心地問道。

「沒什麼。」奧西姆大叔說：「把輪椅吹下山的那陣強風就是這個男孩，他正等著受罰呢！」原來，在那件事情發生之後，奧西姆大叔的心裡就對彼得產生了懷疑。當他把前後的一些事情串在一起分析之後，整件事情的來龍去脈就一清二楚了。現在，他把詳情清楚地告訴賽思曼奶奶。

賽思曼奶奶一聽完，大笑著說：「不，親愛的奧西姆大叔。其實，我們這些從法蘭克福來的陌生人突然來訪，把他唯一的玩伴霸佔了好幾個星期，讓他每天都只能獨自一人上山去放羊。確實對他有些不公平。雖然他採取的報復行為有點愚蠢，但陰錯陽差地反而帶來了好運。因為克拉拉沒有輪椅可坐，別人也無法背著她過去，而她又一心想去看看那些美麗的花兒，所以才特別努力地練習走路。現在已經愈走愈好了呢！」
「好了，事情就這樣算了吧！」奶奶對彼得說：「跟奶奶說說你有沒有想要的東西？我要送你一件從法蘭克福帶來的禮物。」
彼得吃驚地抬起頭，用圓溜溜的眼睛看著奶奶，原本，他一直以為要接受可怕的懲罰，沒想到別人卻要送他禮物，讓他一時摸不著頭緒。
「我是認真的。」奶奶說道：「而送給你禮物是要感謝你讓我們這趟旅程留下美好回憶，也代表著我們不會再計較你所做的錯事。你明白了嗎，小傢伙？」
彼得這才恍然大悟，原來這位好心的夫人已經原諒他，他不必再擔心受到懲罰了。彼得覺得心頭上那座幾乎快把自己壓垮的大山被挪開了，總算鬆了一口氣。現在，他可以隨意說出一件自己喜歡的東西！這讓他有點暈頭轉向，因為他想要的東西實在是太多了！
思考了一會兒後，他毫不猶豫地說：「我想要一分硬幣。」
奶奶不由得露出微笑。「這個要求並不過分，你過來吧！」她把自己的錢包拿出來，並從裡面取出一些錢。「這裡的一分硬幣數量就跟一年的週數一樣多，你可以在每個星期天都拿出一個硬幣，買下自己喜歡的東西。」

「我一輩子都能這樣嗎？」彼得天真地問。

奶奶不禁放聲大笑起來，使得一旁的賽思曼先生和爺爺也停止交談，想聽聽發生了什麼事情。

奶奶還是笑個不停，「是啊，小傢伙！我要把它寫進我的遺囑裡。你聽見了嗎，我的兒子？以後你的遺囑裡也得寫上這一條：每週給牧羊童彼得一分硬幣，直到他生命結束。」賽思曼先生同意地點點頭，也跟著大笑起來。

彼得看了一下自己手中的禮物，確認是真的之後，便興高采烈地跑開了。

吃過晚餐後，大家坐在小屋外熱烈地交談。克拉拉握住爸爸的手，活潑地聊著天，大家根本看不出她原本是那樣弱不禁風的一個女孩。她的父親每看她一眼，心裡的幸福就多一分。

「哦，爸爸，您知道爺爺為我做了多少事情嗎？他這幾個星期來所做的事情，我一輩子都不會忘記。我一直在想，我也要為親愛的爺爺做點什麼，或者送他些什麼東西，讓他也能感到幸福。」

「這也是我最大的心願啊，親愛的。」賽思曼先生說。然後，他站起身，走向奧西姆大叔，握住他的手，誠摯地說道：「請您告訴我，我要如何才能向您表達我的感激之情呢？我實在不知道如何報答您為我們所做的一切，但是只要能力所及，我一定盡力而為。請您告訴我，我能為您做些什麼？」

奧西姆大叔靜靜地聽著，然後望著這位幸福的父親，說：「賽思曼先生，克拉拉能在我們高山牧場上恢復健康，我覺得非常榮幸，我的一切辛勞也已經得到回報。現在我只有一個願望，如果能夠實現的話，這輩子就沒有什麼遺憾了。」

「您請說吧，我親愛的朋友。」賽思曼先生急切地說。

「我已經老了，」奧西姆大叔說：「如果我離開了人世，估計也沒有什麼值錢的東西可以留給海蒂，而且她從此將無依無靠了。賽思曼先生，如果您能夠答應我，讓海蒂這輩子都不必出去流浪乞討，就算是對我莫大的回報了。」

「這根本無須多說。」賽思曼先生嚷道：「她和我們已經是一家人了，您可以問問我的母親和我的女兒，我們絕對不會讓她流落街頭的！我向您發誓：我會對此事負責到底，即使在我過逝後也會做好妥善安排。」

奶奶等兒子把話說完後，便握著爺爺的手久久不放，以表達她支持兒子的真誠之心。然後，她又一把抱住站在身邊的小海蒂，問她：「我親愛的海蒂，你有沒有什麼想要實現的願望啊？」

「當然有，我有一個願望。」海蒂高興地望著奶奶，回答說：「我想要一張在法蘭克福睡過的那種軟床，還有三個高高的枕頭和厚厚的被子。彼得的奶奶要是能睡在那上面，就不會再頭低腳高地喘不過氣。而且她睡在厚厚的被子裡一定會覺得很暖和，不需要再像現在一樣圍著圍巾睡覺了。」海蒂太想實現這個願望，所以激動地一口氣就把所有的話全部說完。

「噢，親愛的海蒂，多虧你提醒了我。」奶奶感動地說：「我們馬上就發電報到法蘭克福，讓洛泰亞小姐去準備。兩天之後，床鋪就會運到這裡，老奶奶就可以在這張床上睡得舒舒服服了！」

海蒂高興得在賽思曼奶奶身邊手舞足蹈。突然，她停了下來，急匆匆地說：「我得趕緊到奶奶家，把這個喜訊告訴她。」

「那我們現在就一起去探望她吧，我相信我的馬已經蓄勢待發了。拜訪完老奶奶後，我們可以去山下的多弗雷村發電報到法蘭克福。兒子，你覺得這樣安排怎麼樣？」賽思曼奶奶說。

賽思曼先生請母親先別著急，因為他在來之前就計畫一趟旅行。他想，如果克拉拉的身體狀況樂觀的話，就要帶著她和母親進行一趟小小的瑞士之旅。現在克拉

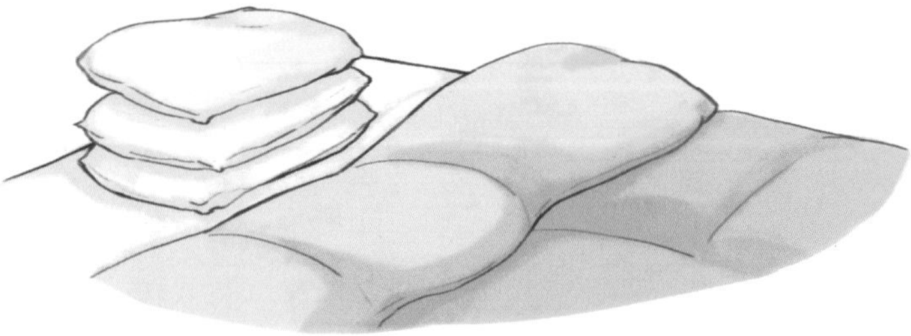

拉已經完全康復了，所以他打算和母親在多弗雷村住一晚，隔天再來接克拉拉，就可以展開旅程了。

聽見爸爸說明天就要離開高山牧場，克拉拉感到有些失望，幸好旅行也是件有趣的事，才讓她不致於太難過。由於這趟下山的路對克拉拉來說太長了，於是奧西姆大叔像往常那樣抱起她，邁著穩健的步伐跟在賽思曼奶奶和海蒂的後面，而賽思曼先生則走在最後，一行人就這樣浩浩蕩蕩地往山下走去。

海蒂非常興奮，一路上又蹦又跳。她把彼得家所有的一切都仔仔細細地告訴賽思曼奶奶，包括彼得的奶奶如何縮成一團，坐在屋子的角落裡凍得瑟瑟發抖的情況。賽思曼奶奶一直認真聽著海蒂的敘述，心裡充滿了同情和憐憫。

到了彼得家，所有人都站在彼得奶奶的床前，親切地向她問好。海蒂興奮地告訴老奶奶，軟床馬上就要從法蘭克福運來了，而且有三個大枕頭和一條厚厚的被子呢！這樣她就不會再凍得瑟瑟發抖了。彼得奶奶微笑著，開口時卻帶著幾許憂傷說：「唉，這夫人人真好啊！若是她把你帶走，我應該感到高興才對。但是，海蒂，這樣我或許就再也沒有機會見到你了。」

賽思曼奶奶趕緊解釋說：「不是的，海蒂會永遠留在您的身邊，繼續給您帶來快樂。我們也捨不得離開她，所以，只要想念她的話，我們就會再來造訪的。說不定以後，我們每年都會到高山牧場上來呢！」

聽了這話，彼得奶奶的臉上露出了由衷的喜悅。她心懷感激地握著賽思曼老夫人的手，那張布滿皺紋的臉上撲簌簌地流下淚水，深受感動地說：「我真幸運啊！世界上竟然有這麼好的人在關心我這個可憐的老太婆，並為我做了這麼多美好的事啊！」

結束拜訪後，賽思曼先生和他的母親便下山了。奧西姆大叔再次抱起克拉拉走回家，海蒂則跟在他們的旁邊，開心得又蹦又跳。

第二天早晨，賽思曼先生按照計畫來接他的女兒。臨別依依的克拉拉忍不住熱淚盈眶，她就要離開這座為她創造了許多美好回憶的高山牧場了。海蒂卻安慰她說：「明年夏天一轉眼就會到了，你很快就能再回來。到時這裡肯定會比現在更美麗，我們每天都能和那些山羊一起到山頂，欣賞滿山遍野的花兒，肯定整天都會非常有趣的。」

得到安慰的克拉拉擦了擦眼淚，說：「請代我向彼得問候。還有所有的山羊，特別是那隻『天鵝』，要是我能給『天鵝』送點什麼禮物就好了。我能恢復健康，都多虧了牠的羊奶呢！」

「這還不簡單。」海蒂笑著說：「你可以送點鹽給牠。牠每天傍晚從山上回來，都非常喜歡去舔爺爺手裡的鹽呢！」

克拉拉非常贊成這個主意。「哦，那我一定要從法蘭克福寄一百磅的鹽來！」她高興地說：「這樣，牠肯定會時常想起我！」

這時，賽思曼先生向孩子們招了招手，示意他們馬上就要出發了。克拉拉被抱上奶奶騎的那匹白馬，她現在已經可以騎馬下山，不用再坐轎子了。

一行人出發後，海蒂立刻跑到斜坡最凸出的一角，不停地向克拉拉揮手道別，直到再也看不見他們為止。

幾天後，那張軟床被運送到彼得奶奶家了。現在，老奶奶每天晚上都睡得很安穩，也變得精神奕奕了。

善心的賽思曼奶奶沒有忘記高山牧場上那裡的寒冬，不久後又寄了一個大包裹到彼得家裡，裡面添置了很多禦寒衣物。這樣，老奶奶就可以穿得很保暖，再也不用因為寒冷而坐在角落裡瑟瑟發抖了。

與此同時，海蒂和彼得正坐在老奶奶的身旁。海蒂正在為他們講述她在法蘭克福發生的事，彼得和奶奶聽得非常入迷。除此之外，海蒂也把這個夏天發生的事統統告訴奶奶。不過，有趣的事似乎怎麼講也講不完。其實，哪怕他們一刻也不分離，彼此依然有說不完的話，尤其是彼得的奶奶，她多麼希望隨時聽到海蒂那如天籟般的聲音啊！那總是讓她的心感到無比的溫暖。

這三個人看起來一個比一個更幸福，更快樂。不過，看起來最幸福的還是彼得的媽媽布吉麗特，因為海蒂把彼得的一分硬幣故事告訴了她。她終於不用再為彼得的前途煩惱了。

這美麗的高山牧場故事就到尾聲了。最後，奶奶說：「海蒂，你唸一首讚美和感謝的詩給我聽吧！上天讓我們擁有如此的幸福，我真是不知道該怎麼感謝祂才好啊！」

照片來源：Wikimedia Commons

1. 卡通《小天使》主角小蓮雕像
作者：Eliedion（Wikimedia commons 的用戶）
日期：2017 年 6 月 1 日
來源：個人作品
授權許可：我，此作品的版權所有者，特此在以下許可下發布：本文件採用知識共享署名 - 相同方式共享 4.0 國際許可協議授權。

2. 阿爾卑斯山脈風光（從因特拉肯附近看到的少女峰）
作者：Earth explorer（Wikimedia commons 的用戶）
日期：2008 年 8 月 30 日
來源：個人作品
授權許可：我，此作品的版權所有者，特此在以下許可下發布：本文件採用知識共享署名 - 相同方式共享 3.0 Unported 許可協議授權。

3. 《海蒂》作者，喬安娜．史派利
作者：Ganz, Johannes, Fotograf, Schweiz
日期：大約在 1870 年到 1879 年
來源：Zentralbibliothek Zürich
授權許可：作品屬於公共領域

4. 瑞士法郎紀念幣：喬安娜．史派利肖像
作者：Sylvia Goeschke, Bottmingen
日期：2001 年
來源：http://www.swissmint.ch/upload/_pdf/produkte/d/GM_BILDERd09-1-Silber.pdf
授權許可：瑞士官方釋出（不受瑞士版權法第五條的保護）

5. 瑞士法郎紀念幣：海蒂肖像
作者：Albrecht Schnider, Berlin
日期：2001 年
來源：http://www.swissmint.ch/upload/_pdf/produkte/d/GM_BILDERd08-Gold.pdf
授權許可：瑞士官方釋出（不受瑞士版權法第五條的保護）

6. 瑞士「海蒂山屋」裡的海蒂和彼得雕像
作者：Roland Zumbühl（Wikimedia commons 的用戶）
日期：不詳
來源：作者上傳至 Picswiss 網站的圖片
授權許可：本文件採用知識共享署名 - 相同方式共享 3.0 Unported 許可協議授權。

7. 瑞士的梅恩費爾德鎮
作者：Claus Ableiter（Wikimedia commons 的用戶）
日期：2008 年
來源：個人作品
授權許可：我，此作品的版權所有者，特此在以下許可下發布：本文件採用知識共享署名 - 相同方式共享 3.0 Unported 許可協議授權。

8. 《海蒂的學習和漫遊歲月》內頁插圖，一八八一年原著
作者：Johanna Spyri（此為本書作者，插圖繪者不詳）
日期：1881 年
來源：掃描自原著
授權許可：作品屬於公共領域

9. 《海蒂的學習和漫遊歲月》內頁插圖，一八八一年原著
作者：Johanna Spyri（此為本書作者，插圖繪者不詳）
日期：1881 年
來源：掃描自原著
授權許可：作品屬於公共領域

10. 瑞士「海蒂村」
作者：KAI LARS SCHERER（Panoramio 網站的用戶）
日期：2009 年 6 月 8 日
來源：https://www.panoramio.com/photo/23446798（此網站已結束營運）
授權許可：本文件採用知識共享署名 3.0 Unported 許可協議授權。

影響孩子一生的人物名著

以人為鏡，習得人生

正直、善良、堅強、不畏挫折、勇於冒險、聰明機智……
有哪些特質是你的孩子希望擁有的呢？
又有哪些典範是值得學習的呢？

【影響孩子一生的人物名著】
除了發人深省之外，還能讓孩子看見
不同的生活面貌，一邊閱讀一邊體會吧！

★安妮日記

在納粹占領荷蘭困境中，表現出樂觀及幽默感，對生命懷抱不滅希望的十三歲少女。

★清秀佳人

不怕出身低，自力自強得到被領養機會，捍衛自己幸福，熱愛生命的孤兒紅髮少女。

★湯姆歷險記

足智多謀，正義勇敢，富於同情心與領導力等諸多才能，又不失浪漫的頑童少年。

★環遊世界八十天

言出必行，不畏冒險，以冷靜從容的態度，解決各種突發意外的神祕英國紳士。

★海蒂

像精靈般活潑可愛，如天使般純潔善良，溫暖感動每顆頑固之心的阿爾卑斯山小女孩。

★魯賓遜漂流記

在荒島與世隔絕28年，憑著強韌的意志與不懈的努力，征服自然與人性的硬漢英雄。

★福爾摩斯

細膩觀察，邏輯剖析，揭開一個個撲朔迷離的凶案真相，充滿智慧的一代名偵探。

★海倫·凱勒

自幼又盲又聾，不向命運低頭，創造語言奇蹟，並為身障者奉獻一生的世紀偉人。

★岳飛

忠厚坦誠，一身正氣，拋頭顱灑熱血，一門忠烈精忠報國，流傳青史的千古民族英雄。

★三國演義

東漢末年群雄爭霸時代，曹操、劉備、孫權交手過招，智謀驚人的諸葛亮，義氣深重的關羽，才高量窄的周瑜……

影響孩子一生名著系列 25

海蒂

熱情善良的淳樸女孩・優美浪漫的高山詩篇

ISBN 978-986-96861-9-8 / 書 號：CCK025

作　　者：喬安娜・史派利 Johanna Spyri
主　　編：陳玉娥
責　　編：蘇慧瑩、張雅惠
插　　畫：蔡雅捷
美術設計：蔡雅捷、鄭婉婷

照片來源： Wikimedia Commons

出版發行：目川文化數位股份有限公司
總 經 理：陳世芳
行銷企劃：許庭瑋
法律顧問：元大法律事務所 黃俊雄律師
地　　址：桃園市中壢區文發路 365 號 13 樓
電　　話：(03) 287-1448
傳　　真：(03) 287-0486
電子信箱：service@kidsworld123.com
劃撥帳號：50066538

國家圖書館出版品預行編目 (CIP) 資料

海蒂 / 喬安娜．史派利作．-- 初版．--
桃園市 : 目川文化，民 108.03
　面； 公分．--（影響孩子一生的人物名著）
ISBN 978-986-96861-9-8（平裝）

882.559　　108001685

網路書店：www.kidsbook.kidsworld123.com
網路商店：www.kidsworld123.com
粉 絲 頁：FB「悅讀森林的故事花園」

印刷製版：長榮彩色印刷有限公司
總 經 銷：聯合發行股份有限公司
　　　　　地址：新北市新店區寶橋路 235 巷
　　　　　　　　6 弄 6 號 4 樓
　　　　　電話：(02) 2917-8022
出版日期：2019 年 3 月（初版）
定　　價：280 元

建議閱讀方式

型式	圖圖圖	圖圖文	圖文文		文文文
圖文比例	無字書	圖畫書	圖文等量	以文為主、少量圖畫為輔	純文字
學習重點	培養興趣	態度與習慣養成	建立閱讀能力	從閱讀中學習新知	從閱讀中學習新知
閱讀方式	親子共讀	親子共讀 引導閱讀	親子共讀 引導閱讀 學習自己讀	學習自己讀 獨立閱讀	獨立閱讀